仿佛，一场告别

那些与光影记忆相关的旅程

张朴 著

陕西出版传媒集团
陕西人民出版社

图书在版编目（CIP）数据

仿佛，一场告别：那些与光影记忆相关的旅程/张朴著.——西安：陕西人民出版社，2014

ISBN 978-7-224-11136-1

Ⅰ.①仿… Ⅱ.①张… Ⅲ.①游记－作品集－中国－当代 Ⅳ.①I267.4

中国版本图书馆CIP数据核字(2014)第092352号

仿佛，一场告别：那些与光影记忆相关的旅程

出 品 人	惠西平
总 策 划	宋亚萍
策划编辑	关 宁 王 倩
责任编辑	韩 琳 王 凌
装帧设计	闫薇薇

出版发行	陕西出版传媒集团 陕西人民出版社
网　　址	www.sxrmbook.com
发行电话	029-87205094
地　　址	西安北大街147号
邮　　编	710003
印　　刷	陕西金和印务有限公司
开　　本	787mm×1092mm 16开 17印张
字　　数	180千字
版　　次	2014年9月第1版 2014年9月第1次印刷
书　　号	ISBN 978-7-224-11136-1
定　　价	45.00元

Contents
仿佛，一场告别 | Life Is A Bittersweet Safari

代序 永远的少年 | I
代序 杯酒人生，孤独好时光 | II
自序 两个灵光，不多不少 | VI

Chapter01 旧金山——希区柯克，"对不起，我有恐高症" | 003
Chapter02 华盛顿——美国政客的"纸牌屋" | 031
Chapter03 纽约——伍迪·艾伦的纽约：怪异而神奇的城市典范 | 047
Chapter04 纽约——纽约的告别语：只谈情，不说爱 | 071
Chapter05 爱丁堡——如诗岁月，或柔情脆弱，或激荡如屎 | 085
Chapter06 伦敦南岸——以艾玛·汤普森的口吻开始 | 103

Chapter07 牛津——"故园"塔尖上的年轻温软 | 115
Chapter08 剑桥——四个贵族间谍，与一个诗情之所 | 133
Chapter09 唐顿庄园——旷野之外，旧时代的仪轨之旅 | 151
Chapter10 意大利——"旅行，是因为我必须得离开了" | 167
Chapter11 罗马——费里尼，"甜蜜"的永恒之城 | 187
Chapter12 奥斯陆——八月未央，日光尚早 | 207
Chapter13 巴黎——侯麦，我是一个孤独的海盗 | 225
Chapter14 柏林——我的不由自主，其实透露着诗意 | 245

主要影片和电视剧索引 | 252

代序
永远的少年

吴家强

张朴是个热爱生命、感情细腻的人，总是能在日常找到独特的意义，更重要的是毫无保留地呈现对每个国度、城市、人和事所怀抱着的情爱和敬意，哪管自己的足迹再不稳定和不可靠。因为这就是迷路的最好理由。

如果只在熟悉的路线看风景，这样就绝对不能有新的一页撰写出来。于是，他总是穿着亮丽地奔跑到外面的世界，之后拥抱大包小包的各种情绪（当然包括好看雅致的衣裳），回到内在的地方，一点一点地书写下来。

对比惜字如金，喜欢千锤百炼才交出功课，我始终认为多写比较好，而且是尽量多写。因为不呈现出来，便没有办法发现能够走下去的路。能够写的时候尽情去写，悠闲时当然写，繁琐时更要写，开设类似主题的形式，选取一个私家理由也可以，不管怎样，轮廓似的东西会逐渐展现。

张朴的每一部著作都给予我这样的感觉，在这本新作上，我能再次看一个永远的少年美貌，而且比当初想象的要丰富些。

吴家强
香港作家、电影及漫画编剧，大中华酒评人协会会员，古董玩具收藏家

阿Sam

杯酒人生，孤独好时光

代序

已经忘记了从什么时候起开始对电影有了浓厚的兴趣，我想应该是小时候我成长的特殊年代，那是中国新锐导演王小帅镜头下的中国，我的整个成长路程，都在那个刚刚认识世界的新中国。看电影吃瓜子、抽香烟似乎是那个年代特有的，那时候看电影就在工厂的影院，五六百人的大场次，电影票也就是一张薄薄的小纸片。看电影是不花钱的，只要你是工厂的工人都能拖家带口来。电影，在当时文化贫乏的环境中如同给观众开了一扇窗户，而窗户外的一切恰恰满足了人们对世界的好奇心，大银幕的魅力是无法从电视或者收音机里感受到的，哪怕电影已经走过了百年也依然让人敬仰并充满着热情。

记忆很深的是李安《饮食男女》中的一句话："人生不能像做菜，把所有的料都准备好了才下锅。"我想那一代的中国导演心中一定有着很多的梦想，想带着我们一起去探索内心无法抵达的地方，而我们如此幸运地跟着这些电影一起成长上路，这的确是一段旅程，而我们要做的不过是买一张电影票。今天，我也想跟着小朴的文字一起启程。

认识小朴是从他的文字开始，那是在博客还算流行、文学青年努力写字的好时光，阴差阳错的关系他成了我的同事，和我同一家杂志社的成都版，而我在上海。第一次见面在成都，是个阴天，我们像老朋友一样一坐下就聊出很多东西来。双鱼座的小朴敏感、细腻，对文字和生活有着自己的真知灼见，最为难得是他对很多事情的坚持，爱一个人、写一本书、走一段遥远的旅程。后来他辞职跑去了北欧，我想那里应该有很多个白天和黑夜交替的美妙时刻，是电影陪伴着他走了那么远，偶尔去成都出差也会和他喝上几杯，总觉得在他的身体里有两个人，那是一种时光和性格的相遇。

14个小时的长途飞行带我抵达了欲望之城纽约，对于一个爱旅行不爱飞行的人而言，长途飞行就像是一场噩梦，清晨的4点半醒过来，在床边抽根烟喝一杯威士忌后接着睡去。头疼一直伴随着我，而窗外是即将苏醒的城市，我光着身子站在旅馆的窗边发呆，直到阳光扑进来。穿好衣服独自出门沿着Lexington街往前走，准备趁着城市还未完全醒来之前买一杯热咖啡，这是我所遇见的纽约，是小朴笔下从《记录布鲁克林》走出来的电影导演伍迪·艾伦的纽约。我对纽约的热爱，严格来说像是曼哈顿和布鲁克林的区别，曼哈顿如同所有圣诞节电影一样的寒冷中透着浓浓温情，而布鲁克林是你从地铁站一出来就会发觉别有洞天的惊喜，这里遍布着二手书店、服装店、小餐厅，这里的人生活在纽约也区别着纽约。布鲁克林是纽约最时髦的区域之一，大量的艺术家和青年分子投身在此，充满设计灵感的酒店，精致完美的咖啡馆都让那些住在曼哈顿的人无法比拟，如此大的反差也正体现着她的包容，这个城市的包容性投射出了伍迪·艾伦的电影风格。记得去西班牙前我专门找出《午夜巴塞罗那》来看，一个地道的美国佬竟然拍出了丝丝入扣的欧洲小野味，无论剧情多么不按逻辑，但只要在他的镜头下你都觉得是合情合理，接着跟着他的镜头去了《午夜巴黎》，这是一个需要通读欧洲文化史的巨型难题，而伍迪·艾伦用他特有的巧妙方式让你重新看到了一个未知的巴黎。

小朴在巴黎的标题里用到了"我是一个孤独的海盗"，喜欢看侯麦电影的人应该是什么样的心境？在北欧生活的时候有一次小朴说要和我视频，让我看看他窗外的大雪。镜头链接过去，远远望去白茫茫的一片，除了隐约有树的颜色，天和地是一样的。我沉默片刻，匆匆关掉了视频去忙工作，但脑子里那片苍茫无尽的白色雪景一直挥散不去，那是北欧的冬天，也是最孤独的冬天，我想世界在那里完全安静下来，没有一个亲人朋友在身边的旅居生活，应该就如同他在文字里对侯麦《冬》的描述：

"只是时代和文化改变了，不变的都是那种生活在日常之外的孤独感，游走在城市之间被遗忘的脆弱个体而已。"

了解一个人应该先去看他的文字，文字的背后真正的内心究竟是否孤独、快乐或者寂寞。

是的，已经如此孤独，不如就一起跟着他的文字，去探索那些我们曾经熟悉又未曾抵达的世界吧！

阿Sam

媒体人，已出版畅销文集《去，你的旅行》和《趁，此身未老》

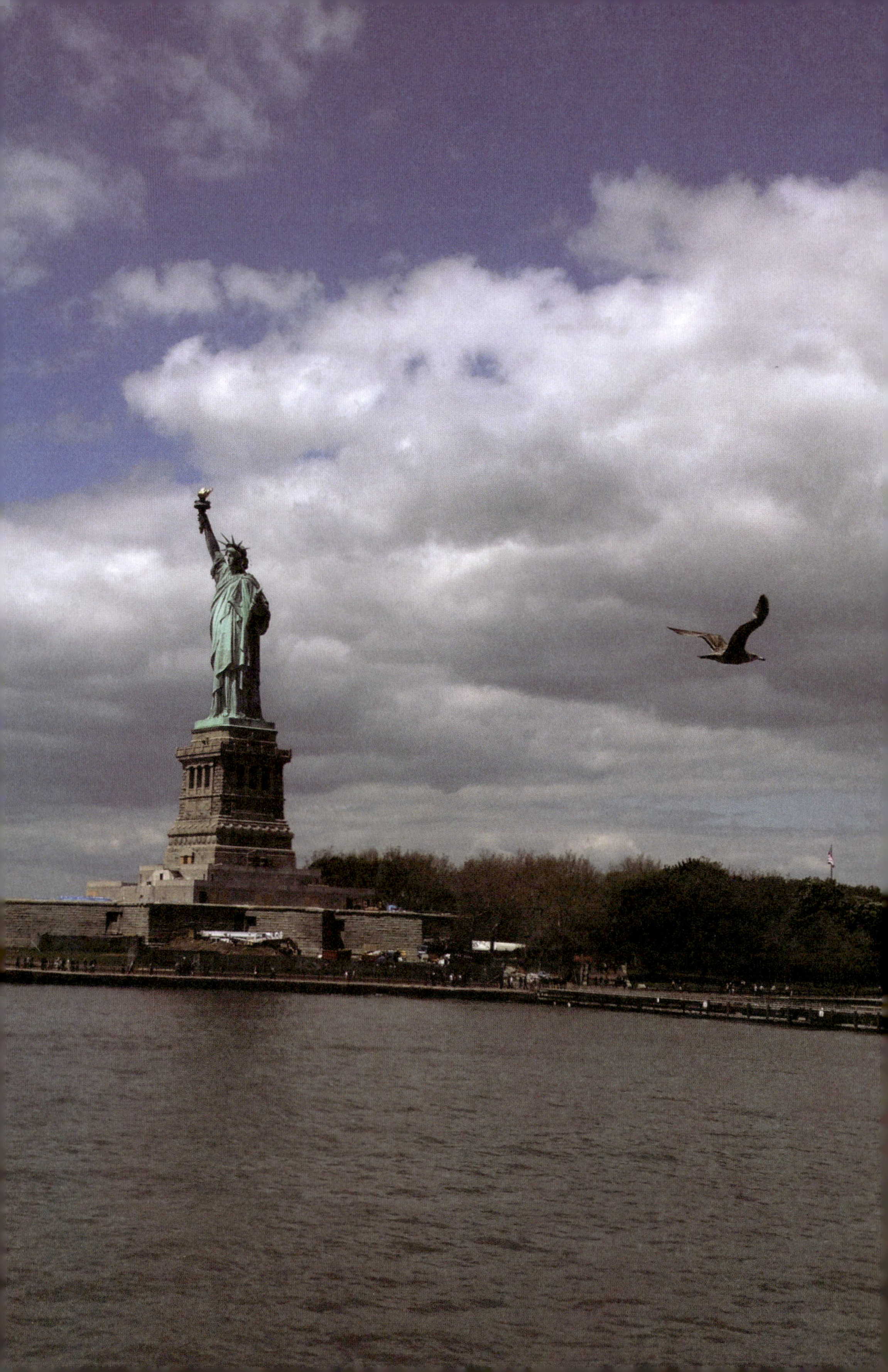

张朴

自序
两个灵光，不多不少

2012年到2013年，我又进行了一些长久的旅行，跨越了不同的大洲和大洋，足迹从北美洲、亚洲，到欧洲，再到大洋洲，不一而足。每一次的旅行都被冠以"孤独"的意味，因为我本人就是这些长途旅行的唯一主角，乐此不疲。好像我的读者也已习惯了我在前两本书中所营造的那种"孤独要趁好时光"的恣意氛围，并觉得这样的旅行显得自由自在，充满了心之所至的快感——从内心来讲，确实是这样的，不过就现实的旅程来讲，又不完全是这样浪漫如文艺小说描述的一般。这些过去一两年中进行的新的旅行都有一个共同的目的：逃离现实，寻求内心矛盾的转移，并且期待解决一些棘手的自我内心的荒芜问题，只是如我所讲，真实的行程其实可能和初衷背道而驰，而"孤独"其实并非都是"好时光"，它让我更加孤独，好像在一个人的旅程上走得更加疏离和遥远。

我经常在想，过了三十岁后的旅行和二十岁阶段的旅行会有什么样的不同，又有着怎样的相似性。现在我觉察出来，其实无论是在生命的哪一个阶段，只要有一颗一直想在路上的心存在，好像旅行就从来没有结束的迹象。当然，不同的是，你的体力可能大不如前，看山看水，好多经历，好多喟叹，到了更加成熟的一种境界。我记得2013年8月我在冰岛旅行的时候，遇到接近七十几岁的美国老人，和我一样站在冰川海洋之间，被冰岛的冷风狂吹，之后一起坐上游船前去接触冰川，没有一丝一毫的畏惧，反而非常享受这样的探险和未知。我记得2013年夏季重返英国，试图寻找三年前的伦敦记忆，虽然寻找是非常徒劳的行为，但是我也好像精于此道，迅速能和自己热爱的城市打成一片。这几年的经历又给予我非常多的返思，让我可以在新的旅行中去反思，比如我在牛津，我是那么热爱这个小城，基于这几年读过的小说和看过的那部20世纪80年代的英国电视剧《故园风雨后》（Brideshead Revisited），所以我的旅行变得非常奇特，它们都有一些追忆的意味，并且照应出电影、文学给予我人生观和价值观的影响。我在旅行中非常固执，非常自我，也非常排斥一切不是内心的东西——这让本来新奇欢乐的旅行可能变得异常痛苦，自讨没趣。

在出版了上一本关于香港的城市文化文集《香港的前后时光》后，我决定把以前学习电影的那些岁月之中凝结的感动和后来我在世界各地旅行的经历做一个结合，于是这就有了这本书。我觉得我很感激以前在大学学习了电影，这让我有了一种非常独到的视角和审美去看这个世界，去触摸那些陌生城市带给我的第一感官印象，我可以快速吸纳旅行目的地中的细微感受，电影和电视帮我可以没有太多障碍进入到一座城市的文化内核中，或者从一个可以被轻易理解的入口抽丝剥茧，梳理城市文化脉络，理解旅行的一种意义，并在旅行中完成自我文化价值的构建。

但是这本书在撰写一个旅行目的地的时候，选择的电影或者电视剧都是比较单一的（它们不一定是你喜欢的，可能大家也没有看过），可是它们都是我热爱的主题、导演和影视作品，比如希区柯克、费里尼、安东尼奥尼、侯麦。当然书中还有一些近几年的电视剧、电影作品，在某种程度上打动我的光影时段，在异地旅行中又开了花，变得十分绵远且感怀，所以我决定把它们和我的旅行一起记录下来，和大家分享。在这本书的写作方式上，我希望呈现一个复杂的聚合体，如我喜欢的后现代电影文本的一种样式（我至今记得我当年第一次看美国电影《低俗小说》时的那种兴奋），杂糅的，组合的，拼贴的，自我的……我最不喜欢重复自己，我最不喜欢遵循一成不变的方式去创作。在这本书中，我撰写的电影经验谈，可能有一些写法是很学院派的（我需要用这样的写法向我的青春大学岁月致敬，那些电影史和影评课程让我终身受用），有一些写法是很散文化的，甚至是如小说中存在的主人公式的漂移——这些主人公可能就是我，也可能不是我——他们都是混合了记忆本身的角色——这让这本书或者游记本身看起来就有点小说的味道？此外，还有一个例子：在写到柏林的时候，我写到一部新近的黑白德国电影（《哦，男孩》），但我却写了一首诗歌给柏林——纯粹是即兴之作，但是我满心欢喜——这让我感觉到我是在创作。至于这些写法会不会让人觉得无趣和讨厌呢？我不下定论，一切皆由我的读者去发掘，去共鸣，去评判。

为了不困扰读者，我在全书最后为大家做了一个影片索引，简单介绍一下这本书中，我写到的主要的电影和电视剧作品（非全部），大家如有兴趣，可以在看完本书后，再去找来这些影像观摩。

在这本书里记录的旅行都还不完整，比如我在写这本书的时候又去了新的地方：慕尼黑、冰岛、墨尔本，或者悉尼（这些旅行经历留到下一本书再讲吧）……此刻，再翻看这些我在每一个城市亲自拍摄的照片，读到这些闪烁的文字，它们被摆放在这本书的不同章节里，像是着力成为一部电影的故事本身，我乐于成为一个讲述这些故事的人，而在我崇拜和热爱的电影导演的名目中，他们大都是这样伟大的讲出生命故事和先知的大师。

旅行和电影——大概是我追寻自我创作中最为重要的两个灵光之源吧！

2013年12月隆冬于成都

（此书中的所有旅行照片均由我本人拍摄，在此感谢为我的新书写序的：吴家强先生、好朋友阿Sam夏天鸿。感谢陕西人民出版社编辑王倩的辛苦工作。）

仿佛，
　　一　场
告别　Life Is A
　　　Bittersweet
　　　Safari

Chapter 1
旧金山

《迷魂记》
海报,希区柯克让
金·诺瓦克(Kim Novak)
一人分饰两角

希区柯克，"对不起，我有恐高症"

故事的开始可能本来就是一次悲剧酝酿，或是一种不着边际的浪漫气息，每一次的飞行都浸透着孤单自我的心绪，所以我每每可以想到村上春树在《挪威的森林》开头的话，"三十七岁的我坐在波音747客机上。庞大的机体穿过厚重的雨云，俯身向汉堡机场降落。11月砭人肌肤的冷雨，将大地涂得一片阴沉，使得身披雨衣的地勤工、候机楼上呆然垂向地面的旗，以及BMW广告板等一切的一切，看上去竟同佛兰德派抑郁画的背景一般……"村上先生这样的描述和我当年飞抵瑞典斯德哥尔摩遇到的场景相似，因为都遇到落雨，会让一个人的旅行开端显得有一些凋敝。不过这一些凋敝在我独自飞往旧金山的途中没有被过于强化，飞机穿越亚洲，抵达北美洲的瞬间，是海天一色的蓝，加州阳光已经迫不及待投射进了机舱，多少温暖了孤独的旅人愁绪。

旧金山 San Francisco

↑ 旧金山街景

旧金山银色主调的机场让抵埠的雀跃不会瞬间冲昏你的头脑，我觉得一切似乎是对的，没有抱怨，不会唐突，亦不增加更多负担。我认为，负担往往来自我们的内心，使得我们的生活危机四伏，如悬念大师希区柯克在他著名的电影《迷魂记》(Vertigo)中刻意经营的"旧金山"，因为暗藏了隐秘的阴谋，自省的忏悔式的自责、谎言、花言巧语编织的诱惑。如果，我的

Acrophobia——恐高症——这是希区柯克在《迷魂记》中让人纠结的一个心结,像是一种蔓延的内心恐惧症,一点点蚕食着我们虚伪畏惧的内心。希区柯克以"恐高症"开场,给予我们一个迷幻,被时间蛊惑的故事,前世今生的谎言制造者,《迷魂记》:旧金山以一种特别神秘的姿态,如魂魄般游离在电影故事的起落中,成为了一个特别美,非常罪的城市符号。

如果你去过旧金山,会被这座城市中起落悬殊的山城印记打动。在我第一日抵达旧金山的时候,我走在那些高高低低的道路中,看旧金山人驾驶车辆,蜿蜒爬升,真是一种非常奇特的经历,生活在这座城中的人,大约都有着这样落差起伏的心境吧,住得久了,生活似乎都有一些高度和低谷,落差太大,难以被掌控。被海风吹拂,旧金山枕着这汩汩海潮,走过了百年,和那些著名的欧洲古城相比,他依然是新兴的,活力的,美式的,难以复制——因为,没有其他一座城市

身边坐了《迷魂记》的男主角,由詹姆斯·斯图尔特(James Stewart)扮演的警官斯考蒂,他从飞机上向下俯瞰旧金山湾地区,他一定会脱口而出那句经典的台词,"我有恐高症",

可以如旧金山一般，让你站在城中，向下望去，都可以有"恐高症"的晕眩感——城市的山地起伏实在是一种特色，这种幅度真正让旧金山变得耐人寻味。

在我热爱的希区柯克的电影作品中，《迷魂记》又恰恰和旧金山相关，这个电影故事本身是悬疑，是惊悚，却带上了精神主义和形而上的思考意味，在希区柯克设计的情结中，我们开始被电影中的那种过去的不可知的力量牵引着，基本上形成了一种难以解释的，很haunting的氛围，这种氛围仿佛又不是旧金山的，因为它太阴暗，太潮湿，带着腐气，是烂掉的过去向正义的现实发出的挑战，是不可知的邪恶，是一种故意的"希区柯克式"的疑团。商人加文编织谎言，要谋杀妻子，故意找来患有恐高症的斯考蒂，让他暗中跟踪自己找人假扮的妻子玛德琳，而跟踪与追逐中，斯考蒂却义无反顾爱上了"玛德琳"，于是故事又纠缠了希区柯克惯有的爱情和偷情主义，在道德之外不被审判的悲悯情

分。只是这位玛德琳并非是加文的妻子，只不过是雇佣而来让斯考蒂身陷泥足，帮助自己完成杀妻计划的一个砝码，这位假扮妻子玛德琳的女人叫作朱迪，她也在良心和爱情中反复煎熬，这个故事搅动起起伏和莫名的焦虑，希区柯克让这些纠缠着的焦虑在旧金山的街道和著名景点中，一点点向前推进，铸造了一次拥有巨大晕眩感的自我救赎式的叙述，叙述的结果，道德的审判最后依赖一种非常意外的方式进行，这对于热爱希区柯克的影迷来讲，实在是精彩又特别顺理成章的安排。那些后来从希区柯克的悬念手法中寻找灵感的电影导演，大概都受益匪浅，但是他们大都做不到希区柯克这种"特别美，非常罪"的双管齐下的效果，希区柯克像是一个神话，他本身就是一个悬疑。

在希区柯克的镜头下，1958年的旧金山，阳光大好，海风有一些寒冷。对于我来讲，2012年的第一次旧金山之行，我才真正

了解，旧金山的气候特征，算是终年的凉爽温和，夏日没有炎热的迹象，室内亦无需空调，5月，6月开始的旧金山夏季，有海风相伴，这里常年有雨水，据说夏天的旧金山笼罩在冰冷的海雾之中，平均温度高温在摄氏15-21度，低温在摄氏10-12度之间。冬季气温温和，高温在摄氏12-15度，低温在摄氏7—10度之间。春秋两季是过度季节，最热的天气经常出现在这时。我记得当日抵埠旧金山，走出机场，以为阳光灿烂，会是非常炎热，但是搭乘旧金山的BART火车前往市区，却是有些寒冷，怪不得乘客都穿上厚外套，戴上墨镜，只有我似乎还是香港炎热的装扮。我从香港搭乘国泰航空飞到了旧金山，语境时空都已改变，只留下一身行头提醒自己的行踪。因为我记得《迷魂记》中，女主角玛德琳穿着那一身白色宽大剪裁的羊毛大衣，来到斯考蒂家，有一些坡度的门口，那种欲言又止的寒暄，逐渐在绽放的爱情，这爱情好像是受到了"诅咒"一般，如旧金山的这种天气，忽冷忽热，有一点捉摸不定。我想起，我的第一日，在放下行李后，一个人走在旧金山起伏的城市中，夜幕就一点一点上来了，我觉得温暖变作寒冷，心里荡涤着的是不确定，不确定，是的，这是自我作战旅行中时常会闪现的词，如《迷魂记》中，男女主角对于那种闪烁其词的爱情的不确定。我在旧金山，感觉自己真如电影主角嘲讽自己的角色"a wanderer"（一个漫无目的，东游西荡的人）。可是，女主角玛德琳接过斯考蒂的话，"一个人注定会是东游西荡的人，没有方向感，而两个人结伴则像是约会，总会到一个目的地了"。他们一道驱车前往森林，海边。森林中树木的年轮像是一种隐喻，让人惶恐的时间黑洞，把我们拉入过去，亦是一个很好的历史记录，展示了旧金山的历史发展，森林中的雾霭，森森气息，类似于一种幽然禁闭的自我时刻；而跟随镜头，我们到了海边，海风阵阵，海水拍打着礁石，斯考蒂忍不住抱住这个精神上已经备受折磨的玛德琳，接吻吧，斯考蒂已经爱得义无反顾，忘记了"私人侦探"的身份，他更

旧金山　San Francisco

旧金山是一座高低起伏的山城

加不知道，自身已经身陷一个巨大的阴谋。不过，熟悉希区柯克的观众，大概都能猜测到这种谜团设计，只是我们在男女主角游荡在旧金山的这些时刻，俨然忘记了罪恶，沉浸在一种如旋涡般蛊惑的情爱纠葛中，不能自我。

在我看来，那些出演过希区柯克电影的金发女主角大概都遭遇过希区柯克的折磨，无论是《鸟》中的蒂比·海德莉（Tippi Hedren），还是《惊魂记》中的珍妮特·利（Janet Leigh），希区柯克如此热爱这些金发尤物，但是他在很多时候却欲罢不能，他望着镜中的自己，他活在妻子艾玛巨大的阴影中，一个成功的男人背后总有一位伟大的女人，而艾玛就是这位帮助希区柯克在事业上取得不断成功的女人。我在观看一次关于希区柯克接受演员英格丽·褒曼（Ingrid Bergman）的女儿的采访的时候发现，他不讳言自己对于金发女人的热爱，他热爱那些来自北欧，或者有着北欧血统的女人，比如瑞典女人，有着光芒，她们在镁光灯下，似乎照亮了罪恶和污浊的现实世界，她们都是受害者，是楚楚可怜的人，但是希区柯克又经常以十分苛刻和严格的拍摄方式去训练这些女演员，折磨她们，让她们的表演达到影片的理想效果。他不惜成本，不在乎对这些金发女人在心理上造成的损伤，希区柯克对于她们有着一种近乎虐恋的意思。在这部《迷魂记》中，希区柯克让金·诺瓦克（Kim Novak）一人分饰两角。这种分裂的做法本身就是一次"迷魂"考验。当电影以一种近乎不可解释的神秘主义倾向开始时，我们似乎已经相信了过去以某种力量正在威胁着现实，旧金山以一种神秘的姿态铺展在我们眼前。希区柯克让金·诺瓦克扮演的玛德琳坐在旧金山美术馆（Palace of the Legion of Honor），长时间凝视那幅西班牙女人的古画，又让她走入坟场，这一切和遥远的过去对话的企图，让《迷魂记》以及希区柯克自身变得异常让人害怕和敬畏，死亡的气息在蔓延。如果你正好在旧金山，可以探访这

↑ 身后是旧金山的联合广场

→ 旧金山是一座「同性恋」之城，而卡斯特罗区则是这座城市中「同志」区

座当年坐落在海边的著名的旧金山美术馆。现在新建的旧金山美术馆则是由贝聿铭设计，已不是电影中的模样。我记得戏中的跟踪场景，玛德琳把车停在美术馆外，美术馆的外观显示了一种非常优美恬然的造型，但是过于安静的设置又让人狐疑，因为这种被温暖的旧金山遗弃的孤独的感觉就是死亡的感觉吧。

在《迷魂记》中，我也特别喜欢那场玛德琳故意去金门大桥的Fort Point落水的戏，白云蓝天映衬下的旧金山金门大桥，红色壮观，希区柯克镜头下的玛德琳被弱化、缩小，和金门大桥、天际山峦形成巨大的对比，海水波涛，我们似乎闻到了旧金山湾的海水腥味，徐徐听到海潮鼓胀的声响。这幅带有欺骗性质的自溺戏，有着油画质感，希区柯克再次显示了一种大师的电影风范，让旧金山最为著名的金门大桥成为了电影史中的经典！我抵达旧金山的第二日，就迫不及待去探访金门大桥。去金门大桥，不算近的路程，从市中心搭公车，中间还要转一趟车。没有走马观花的急促，因为手里有一

旧金山　San Francisco

金门大桥在碧海蓝天衬托下显得特别壮丽

旧金山 San Francisco

张地图，心里有一幅图景，已经足够，遇到路不熟、生疏场景，张嘴即问，祈求人物交换的情态，抵换的情绪对倒，西人烂漫不羁，另外一种语言里的推搪，快乐的成分大于悲怀，旅程的化学作用亦是滋养和疗养。在异地放逐的心态，冷热都是那些细微斑斓的时刻。坐在公车中，不知道车到何处，哪一站是我该落车的地点，换乘的站台，依赖目光，聆听，反复查看地图，问坐在车上热心的黑人中年人，顺利抵达金门大桥的那一刻，风动，海面上吹来的强劲风，思绪里涌现很多遐思和感慨，想起一些折断的岁月，坚韧和红色钢铁印记，工业时代，金门大桥，线条架构，烧铸的钢铁，不因为蓝天白云、碧海晴空而有丝毫被撼动的样子——这就是我看到金门大桥最初的印象。立马踏上这座现代工业大桥，从此岸步行到彼岸，应该是每一个旅人会做的事情。风大，从桥上可以看到海水以及岛屿，远观的旧金山城市，有一些烟波浩渺之气，那是经历了美国兴衰起落的一种苍凉之感。我走在桥上，经常抬头，则能感受那些红色钢筋线条的宏伟，身边有骑车游走大桥的人，也有更多如我这般，依赖步行丈量金门大桥的异乡游客。

据说，希区柯克曾经把《迷

↑ 走上金门大桥，现代工业线条的大桥让人感叹不已
→ 旧金山街头

014

015

旧金山 San Francisco

→ 旧金山著名的柯伊特塔

↑ 爬上电报山，在这里远眺旧金山金融城区

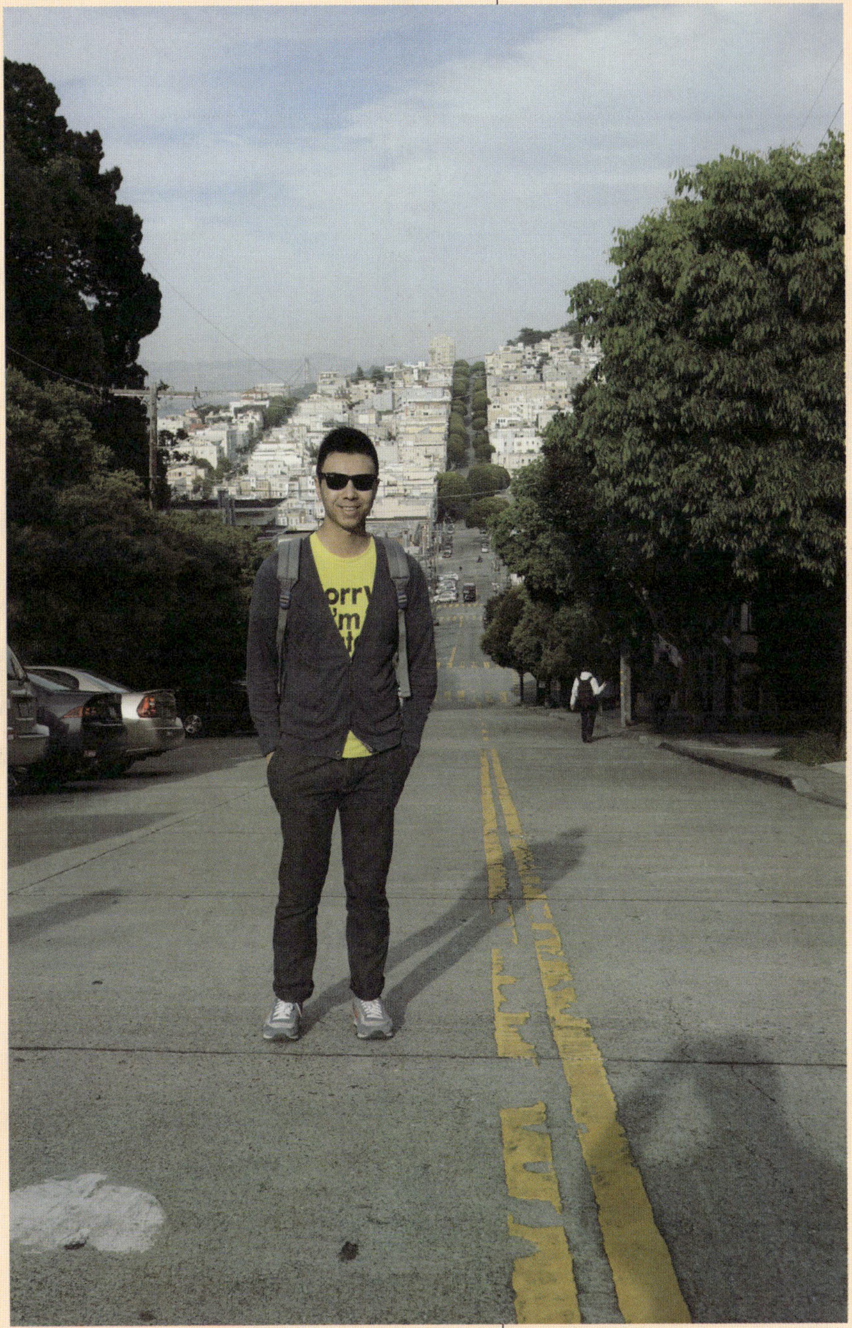

旧金山 San Francisco

018

← 散步在旧金山金门公园
↓ 旧金山著名的同性恋区：卡斯特罗区有著名的卡斯特罗剧院

魂记》于20世纪60年代封存，过了二十年再拿出来公映。个中原委，让人猜测，到底是因为希区柯克害怕自己的影片被理解为旧金山的风光片还是另有隐情呢？不过有一点是可以肯定的，在希区柯克的所有作品中，《迷魂记》真是一部关于旧金山的风光片，我觉得希区柯克大概也是很喜欢旧金山的，对于一个英国人来讲，旧金山的气候不炎热，却有很多阳光时刻，实在是两全其美，而且还可以让希区柯克暂时逃离洛杉矶好莱坞的浮华与势利。我在《迷魂记》中再度回味我曾在旧金山走过的地方。

比如"联合广场"，1958年的联合广场竟然和我在2012年看到的相差无几，旧金山的变化实在很小，这种变化以一种缓慢对抗了时间和城市化的胡作非为，旧金山人真是特别幸运吧。我清晰记得，那日我抵达市中心的"联合广场"，已经是午后2点，拖着行李从地下车站走到地面，阳光刺眼，海滨城市里的海鸥飞翔，广场上有拉手风琴的街头艺人，我闻到很熟悉的味道——类似于以前住在挪威奥斯陆的那种亲切和怀旧意味扑面而来。顺路去找我订的酒店，在旧金山的日子，行走的一个节点就是联合广场，清晨，傍晚，深夜，我都走过这块广场，我看到恋人的亲吻，友人的告别，游客的面孔，都被旧金山一齐收纳入怀了。

《迷魂记》中被主人公们提到的旧金山地点还有著名的"金门公园"，那亦是我关于旧金山的美好游走回忆。旧金山的可爱在于，在现代都市之外，就是小巧密实的住家区域，而硕大的金门公园，就是一块绿意盎然，让人艳羡的散步休息场所。花园草丛中，不是纪念馆便是博物馆，都与自然亲近。当日，我在金门公园的de Young Museum遇上了法国时装设计师让·保罗·高提耶（Jean Paul Gaultier）的回顾展，分外激动。Jean Paul Gaultier的这个展览于我而言，有几个关键词：麦当娜，海军条纹衫，电影，忽男忽女。走进展览现场，投影人物面部表情惟妙惟肖，回环播放的是Jean Paul Gaultier的录音，带着浓重的法国口音的英文讲话，他说，"不要从我的讲话中来了解我，我的服装才是我的表达，要从了解我的时装创作中来了解我"。美人鱼长裙有着非常华丽的妖媚气质，多媒体现代声光技术，让法国女人在现场唱起了海上之歌，诱惑海上船员——这是一种多么"迷魂记"的视觉呈现啊!

由Jean Paul Gaultier设计的经典海魂衫，想来是非常适合旧金山，这座海边城市，因为当年拥入的退伍男同性恋海军，日益成为一座吸引同性恋前来居住的著名城市。旧金山的可爱是一种柔软的暧昧多情。坐于厅中，看布置在墙上的大小电视屏幕播放Jean Paul Gaultier的很多时装秀，有一场我看到男模如妖魔一般穿着Jean Paul Gaultier设计的中性或者女性服装在T台上放纵妖娆行走，秀场被散落的枕头塞满，模特踏着床垫，像是做爱结束后的一个

清晨。这些画面都是Jean Paul Gaultier内心的情绪外现。我们对于时装、电影的热情、痴迷，以及时装和生活的一种连接、审视、再现，一切的想法真像是如旧金山的海水一样在脑中荡漾。时装和电影一样，常常把时间拉出一个独特的过去、现在和将来的维度，让我们一一审视。就《迷魂记》来讲，电影中被捏造出的骇人的过去的死亡力量，以及现实中的空荡无力，似乎是一种艺术创作难以解决的永恒话题。

电影的高潮依然是希区柯克惯用的场景：教堂、阶梯。《迷魂记》里出现了两次的修道院是Mission San Juan Bautist，属于西班牙风格的修道院。在希区柯克看来：教堂，拥有终极的审判意味，是一种原罪感的拷问和自我修复，希区柯克的影片里少不了教堂的戏，而宗教感，似乎超越了社会道德和法律规则，这种审判的力量让人敬畏。而阶梯、楼梯对于希区柯克来讲也非常重要，那种拾级而上，或者盘旋上升的过程，就是

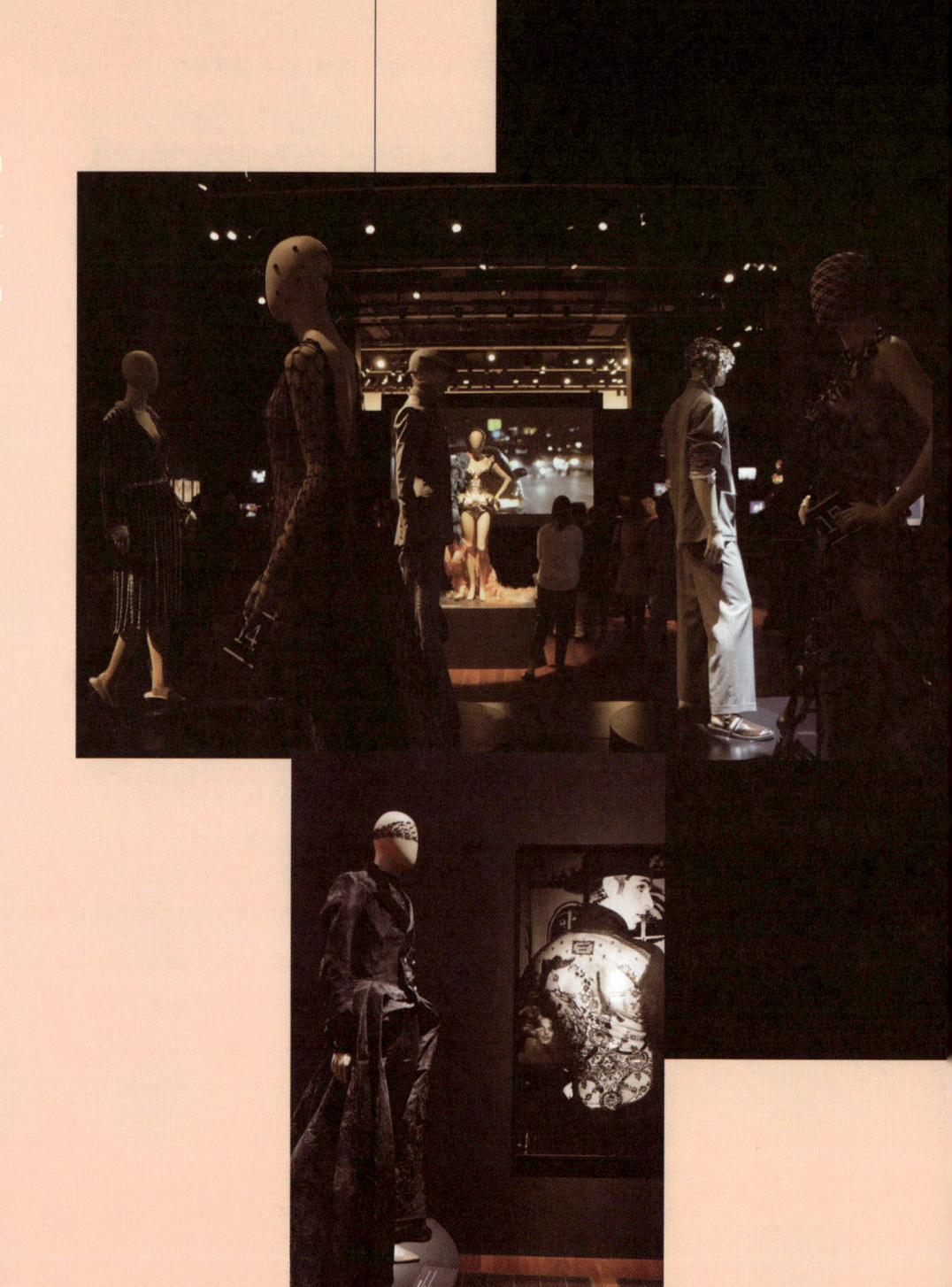

旧金山 San Francisco

022

023

旧金山 San Francisco

一个死亡和惊悚发生的信号，沿着上升的旋梯攀爬，像是和上帝寻求对话的企图，渴望被原谅，期待被救赎。在关键时刻，斯考蒂的"恐高症"又犯了，但这一次，他决定要征服恐高症，因为被爱情糊弄的心理阴影，以及已经解开了的人性丑恶谜团让他有了一种更加直面内心恐惧的勇气，这一次他真的战胜了恐高症。他们站在修道院顶端对峙，教堂的钟声被拉动，发出一种哀嚎的绝响，在千钧一发的时候，希区柯克却让斯考蒂吻了朱迪，那一吻，节奏仿佛又慢了下来，这种吻深情难耐，让现代观众受宠若惊，对于现代观众而言，不啻是一种奢侈！电影的最后，自然力量和意外帮助完结了道德和法律的审判，朱迪自己跌下了

修道院，而战胜了恐高症的斯考蒂将怀抱永远的孤独遗憾此生……由此我觉得，像希区柯克这样的艺术家是超越性的，因为他们都活在规则之外，他们相信人性，善恶自有归位，如《圣经》所言：尘归尘，土归土。

如果把《迷魂记》真正看作一部关于旧金山的风光片，似乎也未尝不可，它大约也可以成为我们走进旧金山的一个美好因由吧？"迷魂"中，是希区柯克塑造的优雅，男女主人公礼貌和诗意的谈吐和女主角服饰的华美，配合了旧金山城市中那些散步得来的温馨和乐趣，让我无法释怀。《迷魂记》中，玛德琳身穿白色大氅，金发盘在头上，淡而美的妆容，她找到了斯考蒂的

旧金山　San Francisco

旧金山是一座与海相伴的城市

在旧金山行走散步，总能看到海

房门，她的背景远处是旧金山著名的柯伊特塔（Coit Tower），她对着斯考蒂说，"我找不到方向，不过旧金山的柯伊特塔领着我到了你的家……"我当日也抬头朝柯伊特塔走去，爬上电报山（Telegraph Hill），在这里俯瞰整座城，海风阵阵，远处旧金山金融城区塑造出美国新貌，繁荣的茂盛和另外一边的民居别墅形成两种风格，但各自都有着自圆其说的魅力——就是有着这些引人遐想的关于旧金山的"蜜语甜言"，让我认定了旧金山一定可以成为这本书所有故事的一个开始，被照亮的和被原谅的，都和人情相关。

末了，我想起，马克·吐温说过，他一生中最冷的一个冬天是在旧金山的夏天度过的……

对此，希区柯克将如何评价呢？

仿佛,
　　一　场
告别 Life Is A
　　　Bittersweet
　　　Safari

Chapter 2
华盛顿

华盛顿 Washington D.C

《纸牌屋》

凯文·史派西不愧是奥斯卡影帝，老辣的演技让《纸牌屋》增色不少

美国政客的"纸牌屋"

华盛顿可能是美国最没有趣味的城市,或者说华盛顿太严肃,太多政客了,让它看起来始终是衣冠楚楚,无法动人心魄。但是我在华盛顿度过的时日还是快乐的,因为住在朋友Ben的家里,这位朋友辞掉了曾经在美国政府部门里的乏味工作,索性做回自己,是一件让自己解脱和快乐的事情,所以华盛顿是有很多小情趣的,包裹了一些酣然的小酌时刻,比如:我牵着Ben的黑色拉布拉多犬去他的住家区楼下散步,在电梯里遇到邻居,他们对我这个"闯入"的亚洲面孔都报以善意的微笑。夜晚,我和Ben在华盛顿吃墨西哥菜、越南米线,静谧的夜晚,街头有情侣在低语;老城佐治郡(George Town)的欧洲英式风格打动我……不过这些关于华盛顿的小情趣和火红的美国电视剧《纸牌屋》(House of Cards)没有任何关系,在这部2013年播出的美剧中,华盛顿倒是成了美国政客和政治阴谋的一个绝好反衬城市。

华盛顿 Washington D.C.

← ☑ 华盛顿的街道宽阔笔直

华盛顿的地铁站月台充满了未来科幻感（摄影Ben）

《纸牌屋》第一季面市，吸引我去观看的原因是头几出戏出自导演大卫·芬奇（David Fincher）之手，他应该算是美国电影界的异数，他的作品和镜头语言往往以一种奇情、荒诞、黑色的做派成为"后现代"电影叙事学上的一个可以被反复探究的话题，比如当年的那部《搏击俱乐部》（Fight Club），一个被虚幻了的"自我"，一个人的战争，刀痕锋利，痛感强烈。前几年的奥斯卡获奖影片《社交网络》（Social Networks）一片彰显了大卫·芬奇的叙述机理：快速而吊诡的故事推进模式，生活里的玄机与危机并存，有点黑暗和讽刺的影调营造，是很硬派和残酷的电影。我很好奇，大卫·芬奇将会把这个脱胎于英国电视剧原型的《纸牌屋》拍成一个什么模样。此外，吸引我去观看这部电视剧的原因还在于：男主演是我喜欢的美国实力派演员：凯文·史派西（Kevin Spacey），他沉稳而多变的演技经常让人过目不忘，我当年看《七宗罪》，被由凯文·史派西塑造出的恶煞的面孔惊呆，过去这么多年了，凯文·史派西依然给人阴冷、难以捉摸的气质，由他来演一位老谋深算的政客，真是再合适不过了！

于是，好戏就这么开锣了，《纸牌屋》的每一集开头的片花让我记忆深刻！华盛顿的冬日画面，迅即闪现的城市，晨曦中醒来的华盛顿，睡眼惺忪。入夜，灯光变幻的华盛顿首都地标，以国会、林肯纪念堂为主，由此延伸的"The Mall"区域，让我一下子重拾那日走在华盛顿最为核心的区域的感觉。"The Mall"或曰"The national mall"指的是"国家大草坪"：华盛顿把白宫一线，连接很多著名景点的一圈称为The Mall，说得具体一些：国家大草坪是华盛顿的中心区，是西起林肯纪念堂，东到国会的一个狭长的东西向绿地，在中间还包括华盛顿纪念塔。在地图上按图索骥，很容易辨认，第一天参观华盛顿全由朋友Ben带领，所以我也就不需要任何地图了，我成了一个标准的游客，但是做游客也有做游客的福气，你可以对于一个地方表示出很多无可奈

033

何和一无所知，呈现需要被搭救的样貌，此前因为定好在华盛顿住在朋友家，又遇到周末，我索性就根本没有准备任何华盛顿的旅行功课，而且已经下了决心，人在华盛顿，就是随便走走，那些政府部门、博物馆、街道也不会让我迷失到哪里去，加之到了华盛顿我立刻发现，此城地铁路线十分清晰，规划明晰，估计因为是美国的首都。所以在华盛顿，做一个游客真是幸福的，不焦躁，不害怕，亦不需要正襟危坐，不会遭遇游客旅行中的某些尴尬。

在《纸牌屋》中的政治中心其实并非是白宫，而是围绕在男主角弗兰西斯·安德伍德（凯文·史派西 饰）周围的幕僚和办公区域内。虽然在这部和美国政治阴谋相关的电视剧中，我们可以看到弗兰西斯和剧中的美国总统在白宫会面，商讨，签字，铺展男人之间的较量和野心，但是现实的白宫却很小，感觉并非可以容纳巨大的政治野心和抱负，按照"The White House"英语的字面意思来看，将"The White House"翻译成"白屋"似乎更加贴切，而且显得温暖可人，并非拒人于千里之外。我到达华盛顿的第一晚，即由朋友Ben驾车，沿着The Mall的道路驰骋，在夜色中看到白宫，远处的国会山（Capitol Hill）则是"白"而亮眼的，外观灯火通明。夜空中一轮圆月，和"白宫"对应着，真是有点"不知天上宫阙，今昔是何年"的嗟叹意味，算是一种中西合并的想象？到了第二日，白天时间，我踏上"The Mall"，走进白宫的两个面，吸引人的还是总统官邸前的草坪，恰似很安然。透过铁栅栏，白宫的两个门面，都小，游客自然是很激动，隔着铁栅栏和白宫远远合影。此刻，白宫的周围景致中也少不了各种示威的人，有动物保护主义者们，有反对核武器的和平人士，他们都希望游客和总统听到自己的呼喊吧。

党同伐异的《纸牌屋》主角们大都是国会山的主，白宫其实和他们的关系不大，我站在华盛顿的笔直大道上，看到大道尽头的国会山建筑，只要见到它，就知道人在华盛顿，且美国首都的建造也是四四方方，有着中轴线概念，十分具有方向意识。作为华盛顿和整个美国的政治象征，国会山上的国会大厦，无疑扮演重要的角色。国会大厦位于华盛顿25米高的国会山上，这座建于1793—1800年间的白色大理石建筑，与华盛顿的多栋重要建筑一样，幸免于1814年英美战争的损毁。两百多年以来，国会大厦又进行了多次浩大重建工程和内部扩建，最终形成了今日的格局。如若你对美国历史和政治变迁感兴趣，遇到晴空万里的好日子，一定要去国会山，拜访这座宏伟的建筑，抬头可见国会大厦中央顶楼上的三层大圆顶，圆顶之上立有一尊6米高的自由女神青铜雕像。大圆顶两侧的南北翼楼，分别为众议院和参议院办公地。众议院的会议厅就是美国总统宣读年度国情咨文的地方。在《纸牌屋》中，也不忘浓墨重彩渲染一番总统就职典礼，而每一次的美国总统就职典礼，就在国会大厦东面的大草坪上举行，成为一种最具有美国特色的仪式延伸吧。而美国政治游戏本身，似乎在《纸牌屋》中被嘲讽和描摹成了一种尔虞我诈的人际关系和残酷竞争格局，当国会山上的美国政客为了某一个关乎自我利益的提案而叫嚣呐喊的时候，包括主角弗兰西斯·安德伍德在内的很多政客角色都显露了一种美国式的野心。

只是，那几日我在华盛顿铁了心是要做一名游客，参观一番景点，胡乱走路，或者有朋友带领，脑袋空空。但是我到底对政治不感兴趣，亦不会排队去国会山，或者走进一些纪念堂去浪费我的时间，内心和世界有隔阂，只愿意享受自我孤独时刻，自动绝缘于喧闹。我记得，在华盛顿的时候，我并不会要求让朋友Ben带我去看国会山，去林肯纪念堂，去看那些以及华盛顿纪念碑。我们开车，经过了高耸的华盛顿纪念碑，在夜晚闪现出一种孤寒印记。我更喜欢和Ben在华盛顿散步，搭地铁，不为别人设定的规则而累。我喜欢去那些看

035

华盛顿 Washington D.C

036

↑ 白宫

← 夜色之下，被灯光照得通透的国会山

起来有些肮脏，年轻人众多的嬉皮地段——虽然在华盛顿这样的区域很少，我喜欢在夜晚的酒吧和陌生人调侃聊天，喝酒，早安再会，一切根据情态而定！

在众多的华府政治地标中，我喜欢杰斐逊纪念堂。白色纯净外观的杰斐逊纪念堂如一块圣地，孤傲而又安静地矗立在一汪湖水的中央，这块湖被叫作潮汐湖。每年4月，这里是樱花盛放，草长莺飞的浪漫时节，迎着散落纷飞的樱花，我踱步到了杰斐逊纪念堂，建筑外观按杰弗逊喜爱的罗马神殿式圆顶建筑风格设计，是一座高96英尺的白色大理石建筑。从湖边的阶梯拾级而

华盛顿 Washington D.C

038

华盛顿，只要离开了那些严谨的政府部门和街道，在周末的傍晚也是吸引人的

上，走入大厅，可以见到大厅中央耸立着高近6米的杰斐逊总统立身铜像。身后的石壁上，则镌刻着杰斐逊生前的话："我已经在上帝圣坛前发过誓，永远反对笼罩着人类心灵的任何形式的暴政。"我们在大厅中来回走动，看到世界游客端详的目光，嘴里念念有词，空灵却肃穆。回到室外，又可以坐于石阶上，微风吹拂，似乎是一种清爽的旅行经验。我回到湖边，背后是圣洁的杰斐逊纪念堂，华盛顿的上空升腾起一些云朵，我看到洁净天空中飞过的飞机，起落在华盛顿的上方，是嗟叹着的关于旅行中的起落时段，双手可以合十，闭眼听到远去的游客声响，剩下一个非常自己的灵魂，酣然沉醉。

此外，华盛顿的中央区域就是美国的政府区域，一个接着一个政府部门，建筑素净大气，大都是从欧洲古典主义文化中衍伸出来的样貌，美国，真是欧洲文明在美洲大陆开出的一朵奇葩吧。但是印象中，我还非常感怀那个驾车在华盛顿中央区域的夜晚，Ben带着他的拉布拉多犬，载着我，我们被远处的歌声吸引，歌声来自Hirschhorn Museum[位于华盛顿的希斯霍恩博物馆和雕塑花园（Hirschhorn Museum），是美国五大现代艺术博物馆之一。]，在博物馆的外围上，播放着全景投影，艺术家拍摄的一组画面，配合了20世纪50年代的美国歌曲，夜色中整个建筑物外围变成了屏幕，大家散步或驾车到此，可以举目观赏，但是情绪又不是观看户外电影那般雀跃和聒噪，这是博物馆的一次艺术行为，更加适合私人蜜月的心境，心有芥蒂，怀揣一丝忧郁，来到Hirschhorn Museum，让这种慢调而伤怀的歌曲浸染心情，我看到投影下，夜晚有情侣手牵手，他们或在博物馆外席地而坐，或者可以像我和Ben一般，开一辆车停在博物馆下面，带上自己的宠物，静静感受这出全景视频作品，我认为，这出视频讲述了一种聚合，消散，情感流失的情景以及塑造出了一种美国式的城市特质。最大的惊喜是，在这组视频艺术呈现中，还有我热爱的英国女演员蒂尔达·斯文顿（Tilda Swinton）的身影，这位金发中性的演员，陪伴我和我的朋友很多光影岁月，依然闪耀一种独特的气质和美，我们在她的很多影片中读到一种孤清符号，忧伤，被破坏的，被损伤的身心，这个夜晚，在这样的场景中，再度遇到蒂尔达·斯文顿，却如异乡遇故知，因为蒂尔达·斯文顿亦不是美国人，但是在表达与世界的这种认知和对话的艺术活动中，国籍和地理其实已经变得可有可无了……此刻，夜空中，一轮皓月，升腾起无限遐思，醉人心……

只是《纸牌屋》开始几集，被我看好的借由导演大卫·芬奇营造的黑暗，紧凑和一种未知的充满了变数的可怕在后来的剧集中变得散漫和淡漠了。《纸牌屋》的拍摄和播放采用了一气呵成的网络运作模式，属于美剧历史上的一种创造，并非像传统美剧的拍摄和播放周期很长的模式。大卫·芬奇也只是导演了前面几集的"导航集"，想为整部《纸牌屋》定下调子。后来，我从华盛顿回来，看到《纸牌屋》确实让我想起游走华盛顿的时日，但是也仅仅限于一种经由《纸牌屋》里的政治暗角编织起来的政治观感吧，这种政治游戏的暗角挣扎与势均力敌让美国电视剧中的华盛顿成为一处残忍和污浊的舞台，对于现实中的华盛顿来讲，却并非是完全真实的映衬。我后来查阅资料，其实《纸牌屋》中的华盛顿场景大都是在华盛顿周围的巴尔的摩（Baltimore）完成，包括在第一季中的"国家剧院表演中心"都是在巴尔的摩临时搭建，《纸牌屋》中的华盛顿印记显得非常抽离，因为这样的抽离，让我认为华盛顿是适合想象的。

我记得《纸牌屋》中有一个场景，主角弗兰西斯和报社女记者佐伊·巴恩斯交头见面的地点是华盛顿的地铁站内，看到此景，我瞬间记起华盛顿的地铁站，那种灰色，类似于科幻电影

中的通道样子，在一条轨道上运行的多条线路，需要旅人认真辨识方向和目的地，但是我还很喜欢这种有点科幻感觉的地铁站，灰色暗调，我觉得有点让人觉得过于没有人情味儿了，还有点冷静，诚如科幻电影中的机器人对话的背衬。主角的交流以此背景进行，纯粹欲望交换欲望，阴谋唤出人性之阴暗，华盛顿的地铁站真是值得踏足和体会一番的。

在华盛顿的最后一日，我确实拖着箱子，步入华盛顿的地铁站，在这些灰色，高顶的甬道中穿梭，换乘，和乘客擦肩而过，旅程的劳顿浮现，当我坐上了从华盛顿开往纽约的巴士，我思

↑ 杰斐逊纪念堂带给人裒净安然的感觉

→ 我和朋友居S的拉布拉多犬在华盛顿相处良好

忖,华盛顿的整饬和严谨会让我一直犹记于心的!巴士驶离了华盛顿,暮然经过了巴尔的摩,我望见海,以及巴尔的摩的工业印记,一些厂房之外,是马里兰州景致。直到我后来看了《纸牌屋》,华盛顿也好,巴尔的摩也好,现实中的旅程才似乎真正被连接起来了……

仿佛,
一 场
告别　Life Is A
　　　Bittersweet
　　　Safari

Chapter 3
纽约

纽约 New York

伍迪·艾伦

《曼哈顿》是伍迪·艾伦写给纽约的情书,黑白影调中的纽约气势宏伟

伍迪·艾伦的纽约：怪异而神奇的城市典范

我的纽约绝对和伍迪·艾伦相关，人在纽约，必然会想起伍迪·艾伦戏中的纽约场景，我一直想把它们写下来，但对于我是一件很难的事，我迟迟未动笔。我却记得当年我在伦敦英国广播公司BBC实习的时日，我为BBC英伦网写过一篇文章，文章大意是通过伍迪·艾伦的"伦敦三部曲"（《赛末点》、《独家新闻》、《卡珊德拉之梦》）来看伦敦，伦敦的阴沉和时有时无的雨，显得无常又温柔，但是伍迪·艾伦的纽约却是另外一个模样：被很多戏剧性的想象所笼罩，真实又写意，是一个庞大的故事集合体，很难归纳，那可能是因为伍迪·艾伦是地道的纽约人，虽然他出生于布鲁克林，祖父一辈是来自俄罗斯的移民。在最近的一部关于伍迪·艾伦的纪录片《记录伍迪·艾伦》（Woody Allen: A Documentary）中，我们看到了一个纽约布鲁克林人的成长史，以及那些荒诞又奇特的故事的由来，纽约本来就隐藏了太多故事的可能性，又是充满变化感的一座城。对我而言，纽约，是蕴含深意的，是一个"世界之城"，它恰如伍迪·艾伦在1979年拍摄的黑白电影《曼哈顿》中被描摹的样子：这一出的交响乐，高低起伏，城市丛林之内的细密，错杂，人性冷暖被组合放大，撕开了再重组……

纽约
New York
TIMES SQUARE
Prudential
GREE
Master of Air Conditioning
www.gree.com
BARCLAYS
Coca-Cola
Corona Extra
INGLOT
GET THE APP
SUPER STAR
JERSEY BOYS
tkts
NYC TAXI

法国人类学家克洛德·列维·斯特劳斯（Claude Lévi-Strauss）在《忧郁的热带》中写到自己1941年第一次到纽约和芝加哥，相比较那些欧洲城市，纽约无疑是"永远年轻"的："有些欧洲城市慢慢地沉落，变得迟钝麻木；新世界的城市则在一种慢性疾病的长期煎熬之下狂热地生活，它们永远年轻，但从不健康。"是的，伍迪·艾伦赞美着纽约，但是纽约在伍迪·艾伦看来并不健康，人事显得有一些错位，因缘际会是解决这些错位的唯一方式。我很好奇，伍迪·艾伦创造的曼哈顿，甚至有关纽约的生活人物志，往往在欧洲更加受到接纳和欢迎？在美国，伍迪·艾伦通常被认为是一个comedian，一个喜剧的创作者，而非一位严肃的艺术家。与此同时，伍迪·艾伦的女主角们总是能获得奥斯卡奖，但是伍迪·艾伦一直远离奥斯卡，不热衷于去美国的电影奖项中凑热闹，他在《记录伍迪·艾伦》一片中回忆当年《安妮·霍尔》（Annie Hall）获得奥斯卡最佳女主角后自己的反应：其实也没有什么大不了的，他更加关心观众对于这部电影的反响，而非赢得一次奥斯卡所带来的喜悦。

但是，伍迪·艾伦几乎不会错过每一年的法国戛纳电影节，他说，"妻子和孩子们喜欢戛纳，喜欢这里的气氛，海滩，度假一般"，他并不理解法国人对于他影片的热爱，正如我当年在巴黎的蓬皮杜艺术中心外的MK2法国艺术院线看他的《怎样都行》（Whatever Works）时，影厅里那些巴黎人的莞尔和热爱，喋喋不休的纽约人的讪笑和对白，却让讲法语的观众开怀和热爱，除开伍迪·艾伦在戏里让角色说出的法语逗乐了在场的观众，法国人确实是欣赏伍迪·艾伦的这种幽默和深刻。我认为，一个纽约人，伍迪·艾伦却有着一颗欧洲心，他那些过于"小布尔乔亚"的塑造，类似于欧洲知识分子的人物谈话，让我们想到了在巴黎的街头咖啡馆，巴黎的哲学家们：萨特，波伏娃与加缪的那种文艺风景谈，虽然伍迪·艾伦依

← 白日里的时代广场，黄色的士是纽约的标识

然是戏谑和话唠的，但是异曲同工的美妙都在于一种交谈的魅力，渴望沟通但是又四处碰壁的人生窘境，这种窘境在纽约、巴黎都可能发生。

没有比《曼哈顿》中的纽约更加孤独的纽约了，也没有比《曼哈顿》中的纽约更加真实的纽约了。那种黑白对比强烈的纽约天际线下，是一望无际的被稀释的爱情，出轨以及欲望，这些欲望，被玩笑话和类似于荒诞的方式打碎，又被伍迪·艾伦拼合起来，组成了一种奇异的忧伤调子。电影的开始那些关于纽约的"城市广角"镜头，如油画般散发出一丝光晕，但是又是硬朗的写实主义风格，配合了乔治·格什温（George Gershwin）创作的音乐，大珠小珠落玉盘之感，高潮的音乐配合不断呈现的曼哈顿景观，恢宏又气派，纽约以一种非常强盛的姿态出现在我眼前。和伍迪·艾伦一样，乔治·格什温也出生在纽约的布鲁克林，1924年，乔治·格什温为保尔·怀特曼的爵士音乐会写了《蓝色狂想曲》获得巨大成功，影响了美国和其他国家的作曲家在作品中运用爵士的手法。接着，他创作了管弦乐曲《一个美国人在巴黎》、《第二狂想曲》、《古巴序曲》，并以描写黑人生活的歌剧《波基与贝丝》达到创作的顶点。格什温的卓越贡献是把德彪西和拉赫玛尼诺夫的风格与美国的爵士乐风格结合了起来，从乔治·格什温到伍迪·艾伦，我们可以瞥见一种现代美国文化的特质：融合性的，多元的，杂糅又具有创造性，也许正是这种结合了欧洲和美国时代气息的艺术创作手法，让法国甚至欧洲的观众热爱伍迪·艾伦吧，一个明显的例证是，《曼哈顿》在次年获得了法国恺撒奖最佳外语片奖，以及英国电影学院奖最佳电影和最佳编剧奖。

我第一次来到纽约，搭乘巴士从华盛顿驶来，纽约的高楼确实让人记忆深刻，《曼哈顿》的开场和我初到纽约的所观竟然一致！华盛顿的整饬与规则一下子被纽约这种迫人的气势击倒，华盛顿是"死"的，纽约是"活"的，华盛顿在很多时候都静止，都安好，一路风光，美国高速路上轮转，偶尔的钢架铁桥，大河流淌，抵达纽约之前的那种紧张，但我们都是大都市的瘾君子，嗜瘾成性，当巴士驶入布鲁克林，对面曼哈顿的摩天高楼开始渐次分明，我反而变得平静，因为，纽约，我终于来了。如果说在欧洲，意大利罗马的古城印记和数不胜数的教堂圣迹让欧洲其他城市的中古历史感汗颜和自愧不如，那么纽约确实让美洲的其他新兴城市们相形见绌吧。

这个5月，纽约居然还有点寒冷，被时断时续的雨淋湿，抵达纽约的时候，大巴停靠在纽约曼哈顿的Penn Station附近，已经看见高耸的帝国大厦，人潮汹涌的纽约街头，让我紧张起来，找不到方向，我要去lower town（曼哈顿"下城区"）的SOHO的Prince street（王子街），去我租的公寓。房东已经把钥匙放在我租住的公寓对面的便利店，我拖着箱子，学习纽约人的样子，招手唤来一辆黄色的士。从出租车上看到路过的街景，纽约宽大，横竖的街道都规划好了，竖着的叫作avenue，横着的叫作street，1，2，3，4，5……排列开来，非常好掌握，和司机说好要去的地方，简短地交谈，出租车司机问了我横街的名字，我告诉他是Thompson street（汤姆逊街），顺利到达，留了小费给司机。已近下午晚饭时间，房东下班后过来，我们寒暄了几句，我就算在纽约短暂安顿了下来，虽然仅仅是短暂旅行，我也希望像纽约人一般，可以有回家的意味。我租住的房子就在曼哈顿中心的SOHO区，有厨房，有小小的客厅和卧室，窗户外是纽约公寓常见的那种防火旋梯。这座公寓，外层被涂上簇新的油漆，小巧和方便，它在那条日后我经常挂念的王子街上。身处SOHO，非常方便，周围是纽约大学的法学院，从我租住的公寓步行到华盛顿广场不过十分钟，从华盛顿广场往上走就是第五大道了。公寓身旁是精致的餐馆，隔壁是一家叫作Sean的男装店，都美好，一应俱全，来来去去看到一些好艺术的人。

人在曼哈顿城中行走，我还需要稍微适应一下纽约看似混乱的地铁系统，买好了一周的地铁票，开始游走。从我的公寓步行去王子街的地铁站，是一种享受，那些男装、女装店铺都有着清爽而多情的外观，陈列诱人，行人又兼具型人的外貌，偶尔的一家杂货小卖铺，又有太多我喜欢的杂志售卖。周末到了，这条街上就有摆摊售卖vintage（二手或者怀旧）图书、生活用品、黑胶唱片的小贩们，一派生机盎然的文艺风情，叫人沉醉。乔治·格什温的音乐应该非常适合此刻我在曼哈顿的行走，偶尔有一些古典主义的沉静，偶尔是如黑人爵士乐的那种黏稠，或者有一些跳跃，交响乐被重新定义，欢乐自持的抒情时段，大概都和纽约散步相关，就差一个如伍迪·艾伦一般话唠的美国人在身边了，那种袅袅美国口音，对了，是纽约口音，他们喜欢把"White"的"W"发音成"H"，你要仔细辨识，方可听得真切。抵达纽约的第一二日，我就不自觉清晰记得伍迪·艾伦在2009年的电影《怎样都行》里安排母女两人畅游纽约的场景，如若你是第一次到纽约旅行，可能也会像电影中的母女一般，雀跃开怀把纽约的地标——走遍。

我混入庞杂的纽约地铁系统，钢筋工业地下系统，不修饰，不加工，只按时运作，非常rough（粗糙）和industrial（富有工业感），和伦敦、巴黎都不同。纽约地铁亦没有电梯供应，如果你有硕大旅行箱子，入口很小只有选择taxi，纽约人已形成默契，去机场，去火车站，带上箱子，都选择的士，价格在曼哈顿区域内，真的不算贵。我认为，纽约地铁也有闹心的地方，对于游客来讲，算是考验，同样一个铁轨上可能同时开行几条线路，而且分了快车和慢车，你必需去看清楚你要搭乘的线路，你需要对地域方向了然于心，才不会出错，心里默念，上帝保佑吧。如果走错入闸口，只能打道回府走回

sean

199

纽约 New York

→ 纽约地铁站内充满了工业感

→ 纽约地铁

↓ 我搭乘游艇，在海上看曼哈顿

← 纽约，如何让我不爱他

← 纽约中央车站人来人往，成为很多电影的拍摄场地

055

地面，过街再入地下，所以首先就要知道去的是upper town（上城区）还是lower town（下城区）或者queens（皇后区）还是downtown（曼哈顿城中心）抑或是Brooklyn（布鲁克林）。

第一晚我只去了时代广场，纽约老旧混乱的地铁线路已经让我有点头晕，走出时代广场，灿烂如白昼的霓虹灯火，照亮整个纽约的半边繁华。即刻被世界人潮淹没，各说各话，语言系统爆炸混乱，美国现代文明的霓虹广告，电子屏幕闪烁不停，人声喧哗，黄色的士按响喇叭，一座繁华到了顶点的城市，纽约，真是这样vibrate（躁动不安）的。站在时代广场的中央，我觉得纽约，就以如此信息爆炸的方式进入我的脑海，并在现实的接触中彻底把我捕获，纽约再脏，再混乱，再危险，都是世界性的。那些和我一样第一次来到时代广场的世界游客们，有着兴奋难以抑制的快感，高声大叫，笑声与激动的面孔充斥了这个不大的广场。我定睛看时代广场周围闪烁的霓虹广告牌，以及最具有时代广场感觉的那栋时报大楼，体验和世界游客们一致的快慰。这时候，纽约忽然下起大雨，迷离失所，却有淋不灭的热情，太迷人，太惶惑，是一整个的世界，它就是为了内心装得下一个世界的人存在的。

此后，关于纽约的游走大约就是非常伍迪·艾伦式的，比如去艺术馆，去画廊，去看实验性演出，去酒吧喝酒，遇到纽约陌生人，去购物……爵士乐的纽约，还有歌剧般的优美咏叹调。这是我热爱伍迪·艾伦的原因，我喜欢他安排他的主人公在画廊里见面，《曼哈顿》里的主角：由伍迪·艾伦扮演的戴维斯和年仅17岁的少女翠西之间渐生的情愫，是纯真的。戴维斯的好友耶尔，他的情人玛丽（黛安·基顿 饰）随后闯入了戴维斯的视线，他们风趣的谈吐，投机的话题，感情擦出了火花。我记得他们的聊天，有一次自画廊结束后，在曼哈顿的街头，他们说到瑞典电影巨擘伯格曼，说到北欧的一种遥远文化，而我正

在《安妮·霍尔》中，由伍迪·艾伦扮演的戏剧家艾维·辛格和女主角安妮。墙上有一副伯格曼的电影海报《面对面》

好在挪威的一个孤寒的夜晚，看到这样的对话，我不禁内心一悸。伍迪·艾伦的主角们散漫聊天，相遇，错过，或者喋喋不休为了某个知识分子式的话题争论，在《安妮·霍尔》中，由伍迪·艾伦扮演的戏剧家艾维·辛格和女主角安妮排队等看一部欧洲电影，他们倚靠在街头，墙上有一幅伯格曼的电影海报，是那部《面对面》（Ansikte mot ansikte）——这些都是我所热衷的日常画面以及与一个城市打成一片的旅行方式。

在纽约的第三日，天空终于放晴，这无疑是一针强心剂啊！我在Broadway大街（百老汇大街）附近走着。我还一早去排队坐船看自由女神像。天气晴朗，适合坐船出海，在海上看景色，是通透的。我记得，海风寒冷强劲，太阳时而又躲进云层里，游客非常兴奋，当然中间自然有像我一样的落单者，船开向利伯蒂岛，背后是远去的曼哈顿金融中心，船第一次经过自由女神的正面，拥有旅行同伴的人都满意拍到雕塑正面，我则暗自伤心一把，看着自由女神像一点点变远，谁可以帮我拍一张和自由女神像的合影呢？还好，这份遗憾，在船开回曼哈顿的途中顺利解决了，我在船头和一位澳大利亚的小伙聊天，我们就迅速组合，在船往回开再度经过女神像的时候，互相帮助，各自和自由女神像合影了！紧接着，我在和纽约的中央车站匆忙打了一个照面后，就把余下的时间都交给了MoMa：美国现代艺术博物馆（The Museum of Modern Art）。

我独自享受那种在艺术馆里的静谧时间，偶尔和同你一样专注的探访者擦肩而过，我只专注于内心那种刻骨铭心的火花闪现，如遇到情人，一见钟情的艺术作品必然搅动内心隐秘情感。艺术馆就是搭建这种和异地文化人事相遇的最佳场所。我在MoMa的楼层里穿梭，劳累已经把我彻底打垮，但是我必须打起精神，去和现代艺术大师们对话，我逛到很崩溃的状态，在一个凳子上坐了下来，艺术馆

纽约 New York

从帝国大厦上看整个曼哈顿,雨后雾气弥漫,是一个世界之城

广播说MoMa就要闭馆,请大家抓紧时间,我从凳子上跳起来,冲到三楼的展览厅,以一种凭吊者的,但是又是快刀斩乱麻的速度看了安迪·沃霍尔(Andy Warhol)和我喜欢的杰克逊·波洛克(Jackson Pollock),还有贾斯培·琼斯(Jasper Johns)的真迹作品,贾斯培·琼斯那幅以"美国国旗"为主题的画作看起来其实很小,波洛克的狂放和愤怒,我站在他的画前,感觉到一种爆炸的力量,可以想象他是如何将油彩摔打上了画布。这些都是我喜欢的美国当代艺术家,他们给予我一条走进美国当代文化风景的途径,诚如伍迪·艾伦在电影的层面上给予我一幅关于纽约的斑斓图景一般,都是生命中美好的奇遇!我被MoMa迷住,为这座纽约现代艺术馆的建筑线条倾倒,如找到纽约最为温情的归所,我特意买了MoMa建筑的明信片,带回家日后经常回味。我真是非常爱MoMa,爱它一楼的花园,举目一看,周围虽然都是高耸入云的曼哈顿高楼和喧闹的市容,但是MoMa的花园被这些高楼围住,展露宁静自我的态势,你可以在阳光下,坐在这里上网,浏览杂志,或者喝咖啡。咖啡厅玻璃窗前,坐了两位女子,让我把她们想象成从上东区来此的纽约女子,黑色的裙身,干练,红色唇彩,有一种纽约女子的美,她们可能在谈论着生活乐趣和工作欣慰,这种咖啡时段,她们望向这一片院子,偶尔透露着心事……

当日在MoMa的最大收获是看了美国女摄影师辛蒂·雪曼(Cindy Sherman)的展览。辛蒂·雪曼的作品像是"假面人"造型的非常戏剧式的东西,那是在"cult"[cult的本意可以是指:膜拜,膜拜仪式,异教或者教派。在文艺领域,后来出现的cult电影,是指拍摄手法独特、题材诡异、剑走偏锋、风格异常、带有强烈的个人观点、富有争议性,通常是低成本制作,不以市场为主导的影片。]一词还未成为一种流行的年代,辛蒂·雪曼就在进行的创作,她成为自己创作的模特,扭曲,变形,撕裂,在真实和想象之间创作一种变异的空间。她的摄影有时候是近乎执迷的，有一些影像看到会让人觉得不舒服，觉得很异端。在不同年代的这些作品里，我最喜欢1977年到1980年，由她创作的"Untitled Film Stills"《无法命名的静止电影画面》(1977—1980)，这些黑白照片每一张都像是精雕细琢的电影剧照，这些女性角色从1950、1960年的美国好莱坞电影中脱胎而来，以及"黑色电影"和欧洲艺术电影中衍化出来的很多照片，让辛蒂·雪曼的创作带有一种神秘的倾向，这些类似于剧照的创作，讲述了这些照片中的女性的离经叛道，但是又是和社会貌合神离的状态，给人一种uncanny（不稳定）的感觉，总隐藏着巨大的，类似于悬念的氛围。在照片中，是非常耐人寻味的人物摄影，而所有的模特都是辛蒂·雪曼本人。她亲手创作了这些角色，演绎出来，再拍摄出来。纽约，无疑为辛蒂·雪曼的创作提供了一个绝佳的城市文本：高大曼哈顿吞没人心的建筑，变革的现代性中被渐次损害的纯真，似乎都在解释辛蒂·雪曼创作的一种因由。我看完辛蒂·雪曼的回顾展览，还游离在MoMa给予我的精神快慰中，但我不得不暂别MoMA，返回第五大道，除开第五大道上的名店，我转眼又和众多的教堂撞个满怀，纽约，是可以幻想，追忆，又缅怀和凭吊的，MoMa附近就是圣托马斯教堂(St. Thomas)，而圣派翠克大教堂(St. Patrick's Cathedral)宏伟壮观的哥特式建筑霸气十足。纽约真是裹挟了现代和肃穆，多层表意的伟大聚合体！在那一刻，我觉得，纽约就是我寻找的终极城市。

1994年，伍迪·艾伦导演了《子弹横飞百老汇》(Bullets Over Broadway)，依然是文艺主角的差错人生，我一直喜爱伍迪·艾伦，喜爱他虚构出的电影中各路角色：剧作家、画廊经理、作家、歌剧爱好者、黑道人物、野心家，不一而足。这部故事非常好玩：剧作家大卫（约翰·库萨克 饰）在纽约过着郁郁不得志

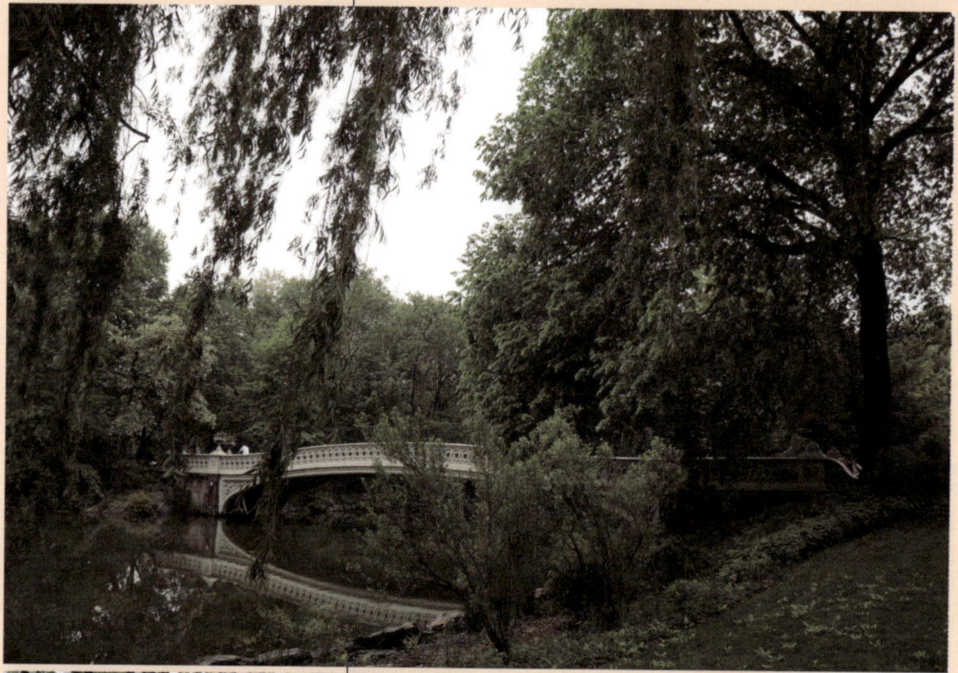

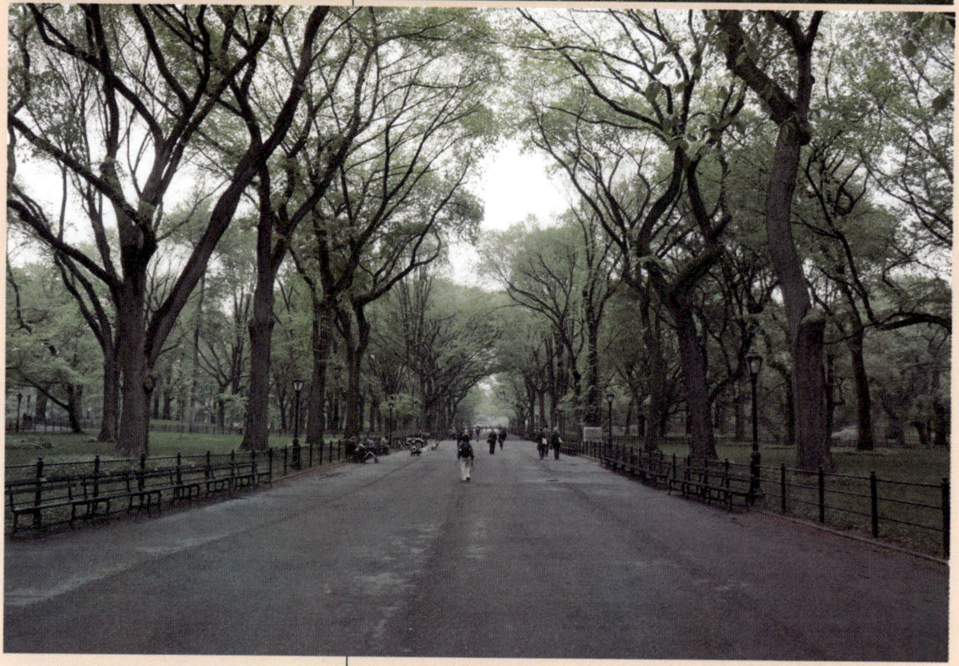

走进中央公园著名的虹桥（Bow Bridge）

中央公园里的散步大道，四季呈现不同风韵

的生活，他保持着艺术家特有的清高，他对纽约腐败混乱的话剧界充满了失望之情。为了讨好情妇奥利芙（詹妮弗·提莉 饰），黑帮大佬看中了名不见经传的大卫的剧本，想要投资，作为前提条件，大卫必须让奥利芙饰演主角。虽然奥利芙唠叨的个性和蹩脚的演技让大卫深感抓狂，但在利益面前，他痛苦地屈服了。就这样，一个奇怪的剧组诞生了。伍迪·艾伦制造的扭曲和错误本来就是人生的一种变异呈现。在《子弹横飞百老汇》里有一幕戏，情妇奥利芙和大卫坐在中央公园中，长椅后面开放着鲜花。他们二人甚至在著名的虹桥（Bow Bridge）的一个侧面有一次表情夸张的对手戏，让我忍俊不禁！

是啊，只要说到纽约，以及关于纽约的电影，就不可能不说中央公园。热爱戏剧的伍迪·艾伦亦有一部自己创作的话剧，叫作《中央公园西路》。著名的纽约第五大道在中央公园一侧自然延伸，大概从20世纪某个时间点以来就从未过度扩建过，纽约政府一直把中央公园的绿意保留得非常之好，我走在中央公园外面，第五大道的人行道路上，依然可以散步，人行道上有着一种旧时代的感觉，政府并没有不断翻新这些人行道。再繁忙的纽约，也没有因为交通拥挤的问题，把中央公园改小，去拓宽马路。

纽约人太幸运，有这样一块硕大绿地，可以跑步，在湖边发呆，坐在中央公园的绿色椅子上谈人生，等情人，看报纸，在公园里遛狗，冬天到了，在公园的结冰湖上滑冰……在我的脑海里，但凡关于纽约的电影，似乎都会把中央公园纳入镜中，凭借中央公园散发出的人情冷暖，聚散离合映衬整座纽约的嬗变流离吧。我喜欢中央公园里的散步大道（The Mall），大道两旁栽种着美国榆树。走进这里，我想起了当年那部经典的电影《克莱默夫妇》，扮演主角的影后影帝：梅丽尔·斯特里普、达斯汀·霍夫曼在此留下身影。如果恰好遇到傍晚时分，散步大道两旁的路灯徐徐亮起，则自然又会多加一分文艺浪漫的气息。沿着散步大道一直往下走，则有每年举办夏季古典音乐会的场所：诺博格户外音乐剧场（Naumburg Bandshell），这处场所出现在电影《餐蒂凡尼的早餐》中。紧接着，可以来到毕士达喷泉（Bethesda Fountain）。毕士达喷泉及广场位于湖泊与林荫之间，是中央公园的核心，在美国电影《天使在美国》里，电影开头的镜头从旧金山的金门大桥开拍，然后跨越到了纽约中央公园的毕士达喷泉天使雕塑，电影最后，梅丽尔·斯特里普扮演的母亲Hannah和主角Lou、Prior Walter、Belize在这里重聚，一个新时代来临，毕士达喷泉具有诸多象征意味。我喜欢这个电影结尾的那些对话，Prior Walter的旁白，Lou解释了喷泉里的天使雕塑，这幕戏是一种舞台剧效果，听到这些戏里的纽约人的对话，我感觉如此亲切和感动，是的，"The world only spins forward, we will be citizens…"，"You are fabulous, each one of you…"［"世界只会朝前运转"，"你们每个人都如此绚烂多彩"］。我站在毕士达喷泉前，来回拍摄了很多角度的照片，心中涌动很多情绪，久久无法平复。

可以这么说，你看了多少以纽约为背景拍摄的影视剧，中央公园就自动出镜了多少次。以杰奎琳·肯尼迪的名字命名的水库周围，是跑步的好地方，曾经火爆的美剧《欲望都市》里的主角之一夏洛特是很喜欢在这里跑步的。从虹桥（Bow Bridge）上看湖中倒影的曼哈顿印记，竟然有着一种超越的意味，1974年，虹桥被特定为纽约地标，它的一种优美出现在很多爱情文艺片中，诸如陈冲导演的《纽约的秋天》。摩天大楼投影到这一汪湖水中，成为一种凝视和静止的样子，仿佛时间在中央公园里被无端停止了。这里才是纽约人的一处怀想之地，可以一下子把曼哈顿的喧嚣全部抛掉。

我走过绵羊大草坪（Sheep

Meadow),它的宽广和温柔出现在太多的电影中。这里也是当年人们自发前来纪念被杀害的约翰·列侬的地方。夏天的时候,这里一定是坐满了野餐、晒太阳的人,大家从各处来,躺在草坪上看对面的曼哈顿高楼,再各自离去,纽约,它包含太多层面,它自成一个体系,把很多愤怒、开怀、放肆、自我都塞进了体内。中央公园让这些遐思汇聚成一股庞大的城市洪流,所以才有那么多电影爱上它吧。

以上真是东拉西扯,因为此章节全然是和伍迪·艾伦以及他的纽约戏码扯上关系,所以有关我在纽约的其他奇遇和感怀就只能放到以后再写。此刻,我想到美国作家怀特(E.B. White)的那篇《这就是纽约》的文章,文章开篇这样描写纽约,"有谁指望孤独或者私密,纽约将赐予他这类古怪的奖赏……纽约的居民都是些外来客,离乡背井,进入城市,寻求庇护,寻求施展,或者寻求一些可大可小的目标。纽约的一个神秘特点就是有本事派发这类暧昧的礼品。它可以摧毁一个人,也可以成全他,很大程度上就看运气。除非愿意碰碰运气,否则,不来纽约最好。"怀特又写,"纽约给人参与的快感"……"集体歇斯底里是一股可怕的力量,然后,纽约人似乎每次都能与它擦身而过……他们靠几句俏皮话,摆脱惶恐局面,他们咬定牙关,耐心承受混乱和拥堵,凡事总能对付过去"……这些话大概可以解释我心目中的伍迪·艾伦以及他在纽约导演的那些怪诞、夸张、奇遇、挫败,以及浪漫和孤单。纽约,太庞大,太实用,也会让人切身感到打拼的快乐和痛苦,没有一颗幽默自嘲的内心,再坚强如磐石的个体怕也难以对付。因此伍迪·艾伦和他那些关于纽约的城市图景变得情有可原了。

让我们回到1979年的那部《曼哈顿》中,伍迪·艾伦在结尾的道别与挽留戏里营造了一种纽约式的煽情和柔软,以抵抗钢筋水泥的城市森林带来的尖锐和

纽约 New York

↑ 一种纽约情绪
← 第五大道一家时装店铺的新装派对。我希望以这样的方式和我热爱的城市打成一片

快速遗忘：主角戴维斯终于深情难耐，跑到少女翠西的酒店，极力挽留这段爱情——此时，黑白背衬的纽约城，显得异常孤独。

我又记得，我从自由女神像回到曼哈顿的金融中心，在喧嚣中，一个人走路去到"9·11"世贸中心的遗址，一处还在兴建的崭新摩天高楼的工地，却充满了伤痛感。不要再认为纽约是没有历史感的城市了，和那些欧洲历史城市相比，纽约在二战后就是艺术大爆发的城市，如今"9·11"的伤痛刻入骨髓，让纽约有了沉重的历史感，和我一样热爱纽约的人，不得不更加热爱它。还是怀特在《这就是纽约》

末尾写的话，我认为这就是纽约："在艰难中存活，在困境中生长，在混凝土中蓄养元气，兀然挺立，迎向日光。"

最后，伍迪·艾伦的讽刺和关于纽约的电影所呈现的幽默之外，我想说的是，纽约已然成为世界之城的一个怪异又神奇的典范，如果有朝一日，消失不见，人将心如死灰，这是可悲还是可幸之事呢？我们难以得出一个理智与情感并重的结论……

仿佛，一场告别

Life Is A
Bittersweet
Safari

Chapter 4
纽约

纽约 New York

《一夜迷情》

《一夜迷情》讲述了四个人错位的感情纠葛

纽约的告别语：只谈情，不说爱

有一晚，我从曼哈顿坐地铁去布鲁克林，列车穿越哈德逊河，车厢中的日光灯忽而熄灭，留下空寂，老旧纽约地铁发出一种撕裂的声响，瞬间，灯光又兀自点亮，坐在车厢中的小孩与老者并没有很多表情，稀松平常的纽约地铁日子，无需添砖加瓦般就被赋予很多电影般的惊悚想象。我到达布鲁克林，外面已经四下漆黑，走出车站，一路茫然，刚才坐在同一车厢的老者上前，主动为我指引方向，他看出我的旅人模样，没有布鲁克人的潇洒与熟络，我内心升腾出感激，那一晚我只想去到布鲁克林的岸边，从布鲁克林这一边观赏对岸曼哈顿的璀璨灯火。虽然老者耐心指点，我最后还是无功而返，加之布鲁克林道路宽阔，人烟不算稠密，呼啸而过的汽车让人心慌。夜晚在纽约难免心里打鼓，在布鲁克林的夜色中走了不到一个小时，即打道回府，搭乘地铁返回曼哈顿。

纽约 New York

王子街地铁站里的马赛克拼贴，马赛克拼出的Prince Street字样

凌晨两点的纽约地铁站，孤清，我不害怕

夜会布鲁克林，草草收场，显得力不从心，旅程中并非次次时时都是高潮迭起，面对失落和无目的之落寞只能以平常心兼而收之。这一晚的布鲁克林照面类似电影《一夜迷情》（Last Night）演绎出的平淡、出轨与一点点的旧欢颜。旧地之上，被撩拨的隐情，被唤起的爱情，往往言不由衷，低回轮转，放不下，理还乱，纽约在《一夜迷情》中成为一处暧昧场所，适合在夜晚勾引出旧恋情，新谎言。电影在一派夜色中展开，纽约的黄色的士，玻璃窗反照出女主角乔安娜（凯拉·耐特丽 Keira Knightley 饰）心神不宁的脸，她和丈夫迈克（萨姆·沃辛顿 Sam Worthington 饰）参加完聚会，散场回家，各怀心事。那处夫妻二人的居室，有着我喜欢的装修风格，镶嵌进白色墙壁的书架，宽敞厨房，简洁而吐露着日常生活的美感。单一色商务西装，衣橱中有收纳整齐的衬衣和领带。乔安娜瘦削身材，穿上棉质内衣，顾自安稳。乔安娜平日在家写作，翻书看杂志，写一些时尚的自由稿件——算是我的一种理想生活状态，况且还是在纽约。只不过，越美满的生活，鲜华精透，越容易被划出裂痕，越容易被描黑。电影的第一晚，两人出席迈克的工作派对时，乔安娜发现新来的女同事罗拉（伊娃·门德斯 Eva Mendes 饰）对丈夫态度暧昧，而迈克对妻子反应亦不以为然。第二日，迈克和罗拉一起去费城出差，而心神不安的乔安娜则在街头巧遇了曾经深爱过的旧情人艾力克斯（吉约姆·卡内 Guillaume Canet 饰）。第二晚，平行蒙太奇中，我们在戏里看两对错位恋人的演出，是出轨偷欢，亦是旧情复燃？往日旧情人的脸，是否依然亲切，卷起一丝爱慕；如今新同事的暧昧引诱，他又能保持婚姻中的忠贞和坚守吗？《一夜迷情》并非是让人觉得很惊艳的电影，点到为止，在两个夜晚讲完，却让我觉得纽约之夜百转千回，揭露城市生物起伏的情感伤痕。旅行之人看来可能激发空荡念想，之于我，被记住的场景无非都是在异地生活可能培育出的忧郁：

073

1

纽约清晨的咖啡，乔安娜一定是在熟悉的街角咖啡店买咖啡，然后熟悉她的旧情人艾力克斯才能在此咖啡馆外守候，这种重逢不算巧遇，是旧情未了的遇见。这种散布在纽约街区的咖啡馆很多，都有着vintage[古着，带有一种怀旧风格。]的面貌，店主可能是你已经很熟悉的如街坊邻居的小伙、姑娘，彼此寒暄已经成为生活日常。咖啡馆还可以买到非常家常的面包和甜点，适合在天气好的纽约早晨，开始一次对于这座城市的爱恋。如果街景非常诱人，不如坐在靠窗的位置，写作，戴上耳机听音乐，看行色匆匆，目之所及，心之所想。纽约的咖啡馆真是和巴黎不同。巴黎咖啡馆的侍应生，按照香港作家陈宁的描述，他们每一个人都是演员，从点单到为你端上一杯咖啡，到目送你离开，他们自视清高地维护个人的尊严和一种巴黎浓情，他们已然是巴黎电影中的一个角色，在咖啡馆里卖弄一种难得的风情，这种风情只有坐在巴黎的咖啡馆中才能领略。当他们放工结束收场，消失在巴黎的人潮中，他们又不想顾客在街头认出自己，街头不是他们的舞台。纽约的咖啡馆有着一种城市化的节奏，买卖之间也有人情味，那是一定要选择曼哈顿或者布鲁克林的有点年头的住家区域的咖啡馆，彼此都是熟人，即便是路人，也能闲聊或者开展一场关于纽约生活的谈话。在纽约这样开怀的地方，咖啡馆侍应生确实是可有可无的角色，咖啡可以自助，往往在吧台点好，转头再去自取，剩下的时间都是自己的，无需看人前人后的表演，轻省着。虽然如《一夜迷情》中，乔安娜推开咖啡馆的门让我感到纽约深秋的寒冷，但一杯熟悉的热咖啡就驱散了清冷，回到生活的日常，竟然是可以温存片刻的，法国旧情人艾力克斯专程来探英国旧情人乔安娜，文学主角与咖啡香，这是电影让我喜爱的一出细节。

2

这个夜晚，必然是柔情蜜

意，牵扯很多回忆。乔安娜精心打扮，夜上淡妆，相宜裙身，高跟鞋，走在去酒吧的街道上，纽约的夜刚刚上来，她穿越大道，被风吹起的长发和那一身的深蓝色裙款实在是美。纽约的酒吧，我喜欢那种很古着的皮质沙发，放松的姿态，可以点一杯鸡尾酒，让纽约的夜从喝一杯以及叙旧开始。不需要那种豪华奢侈的装扮，以及庸俗富丽的娱乐场所，那些散落在纽约曼哈顿小街道中的餐厅、酒吧有着独特的风格，它们自然形成一种暗语，吸引有心人光顾，只需要一杯酒，可以开顿化解，月上柳枝头，人约黄昏后吧。乔安娜和艾力克斯举目之间有碰撞，有闪躲，有一丝怀想，又有芥蒂，都在纽约的黄昏酒吧中被逐一刻画。到了后来，乔安娜和艾力克斯的朋友们吃晚餐，聊天的社交，红酒和西式晚餐的冗长都是让我刻骨铭心的过去式。电影的另一边，亦是费城酒吧和酒店中，迈克和罗拉的酌酒时刻，即便是喧闹的周遭，亦无法带来热度的升腾，爱无能，只是一点调解和感情流落而已。

3

派对结束，电影里只剩下夜色中的纽约黄色的士，即便是双人赴约，也难以掩饰一种惋惜。何况更多的时候，你是落单的样子，独自咀嚼一个人的爱恨情伤。旧情人重逢，也不外乎是遛狗，吃了一顿晚餐，在派对中借着酒精劲儿拥吻，回到酒店，聊天怀抱，第二日就再告别，各自消失于自我生活的旋涡中。看到乔安娜和艾力克斯那种坐于纽约的士里的闪躲和欲言又止，我回忆起傍晚一个人在Chelsea[纽约的著名街区：切尔西。]里吃一顿晚餐的情景，我坐在街角里，看来来去去的纽约人过街走路，走出翩然和美好的轮廓，夕阳可以越过街道的地平线，让一种余韵打在盛放啤酒的玻璃杯上。随后的那晚我在19街一个人看完一台现代舞剧，从小剧场出来前，同是现代舞蹈演员的Sean聊天，这位帅气带着忧伤面孔的Sean，在两家酒吧当酒保，正式热爱的职业则是现代舞演员。他推荐我去附近的酒吧，一个人的酒吧时间，已经

075

纽约　New York

← 王子街
↑ 清晨王子街上的一个背影

接近午夜，只能在酒吧中暗自买醉，或者通过目光交流，即兴的谈话，和一个法国人聊天。法国人在纽约，他始终有着一股法国腔，但不妨碍我们彼此的交流，然后就是匆忙的告别，即兴的相遇和离开——纽约为你储备好了这样的生活节拍，你只需要暗合节拍，敲打出生活命运的来来回回。我在凌晨2点的纽约街道上走路，靠着酒精的一点儿作用，我在Chelsea的主道上行走，街道两旁醉倒的路人发出一种舒缓的呻吟，纽约女子在路边招手拦下出租车。我居然找到地铁的大门，原来纽约真是永不停歇的二十四小时城市，地铁通宵运作，等来一班可以回到王子街的地铁，我看到地铁车窗里的黑人面孔，面面相觑是一场疲惫的旅途。

是啊，纽约让我念念不忘的是这条王子街（Prince Street），安然静美，潮流时髦处于SOHO中。我记得王子街地铁站里的马赛克拼贴，马赛克拼出的Prince Street字样，有着年轮印记，巴洛克风格，只要不看轨道里的生锈面貌，王子街的地铁站是相当适合拍摄电影的，可能纽约地铁站内都能自顾自地老调，被电影渲染出一种或是惊悚、混乱，或是嘈杂，抑或浪漫、多情？从地铁站走出来步入王子街真是一种享受。我热爱的纽约时尚街拍摄影师斯

077

科特·斯库曼(Scott Schuman)在他的The Sartorialist[The Sartorialist: 时尚街拍摄影师斯科特·斯库曼的个人博客(http://www.thesartorialist.com/)]博客中, 总能在王子街, 或者同样存在于SOHO的Spring Street(春天街)上捕捉到靓人丽影, 我记得有一幅照片, 斯库曼捕捉的正是从王子街地铁站出来的当口, 纽约的潮流人物, 他们在交谈, 快乐模样。

我爱王子街上的McNally Jackson(麦克南力·杰克逊)书店。依然如文艺电影描摹的有种情调的纽约场所。我记得, 在离开纽约的前一日早晨, 约了朋友Daisy在此见面。McNally Jackson书店早晨10:00开门, 周六的阳光实在是好, 蓝天下一种畅快无疑的心态, 两三个年轻人已经坐在了书店门口, 就等书店的咖啡馆开门, 进去吃早餐和喝咖啡, 还能翻翻杂志, 聊天, 发呆。我和Daisy就在这里碰头, 在书店的咖啡馆坐下, 我送给她我的书, 我们说到很多漂泊的话题, 以及我内心无限的惆怅, 喜欢McNally Jackson书店咖啡馆里调子, 给人安详又毫无"架子"的轻松文艺氛围。在你光顾了McNally Jackson书店后, 大可一直沿着王子街走到尽头, 就到了那幢非常奇特的由日本建筑设计师妹岛和世与西泽立卫设计的如积木般的纽约新当代艺术博物馆(New Museum of Contemporary Art)。

这些关于王子街的记忆全是很细小的部分, 因为《一夜迷情》散发出来的关于纽约的爱与痛, 情与伤, 我才又可以记得它们, 以及其他忧伤部分。让我此刻在纽约为你读陈宁的这篇小说《纽约·巴黎》, 我反复读这篇小说开端营造的荒凉:

"一九八四年我第一次到纽约来, P来机场接我, 一身黑大衣, 留了小胡子, 在New School念什么无关痛痒的理论, 把老父的钱大把大把花在一间又一间爵士酒馆。那一年, 中英联合声明签署。香港要回归中国。我本来要去伦敦留学, 心念一想, 去

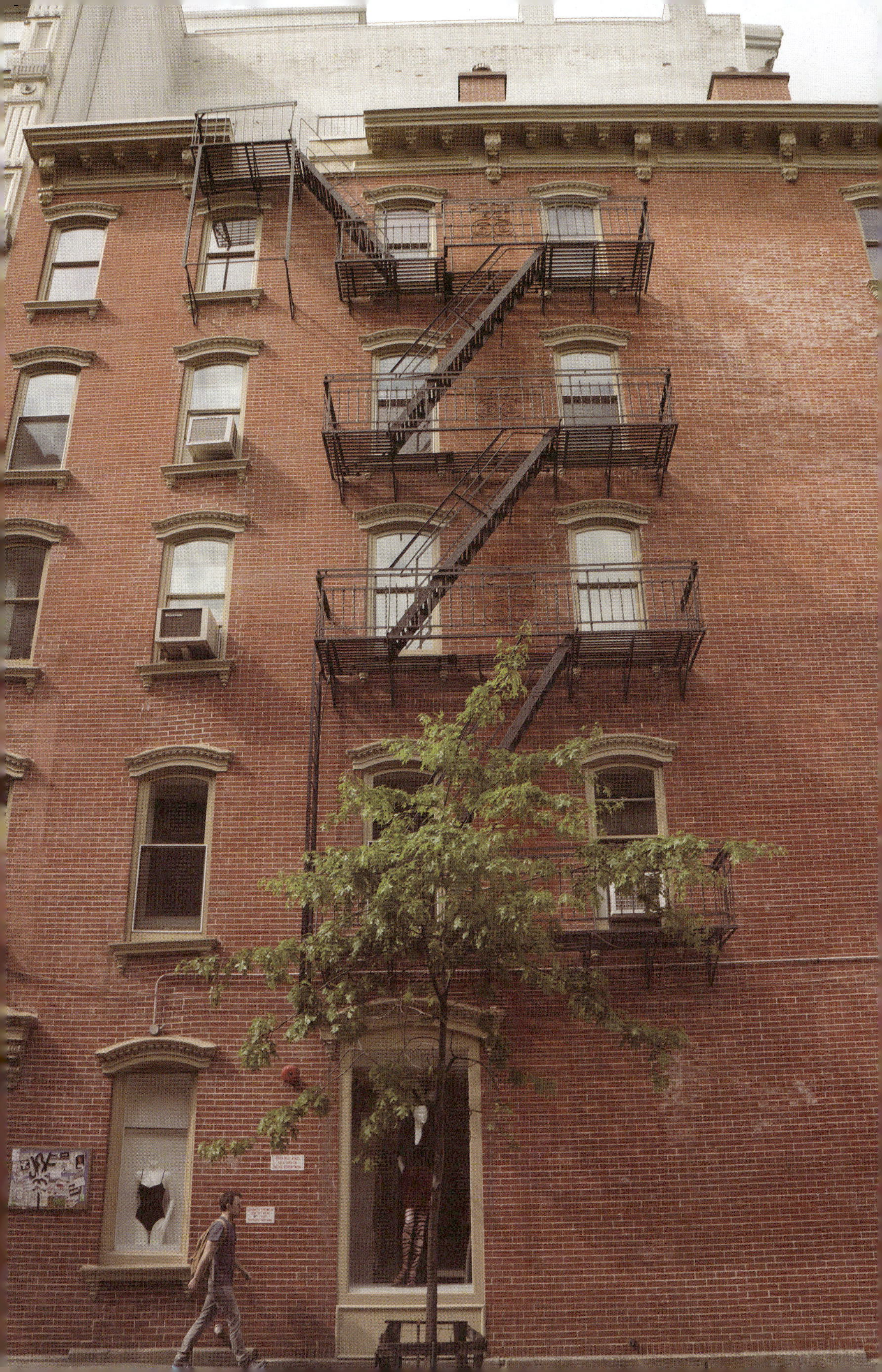

纽约 New York

→ 小剧场外的灯光，在夜里显得特别孤单
↑ 一个纽约的夜晚

了纽约。我只想离开。"

2012年的6月,我和陈宁坐在香港湾仔的生活杂货铺前,喝咖啡聊到纽约,她在她的书扉页上为我写下"我记得我怕我将不记得"。在纽约,夜晚并没有因为灯火通明变得温暖些许,你得学会像《一夜迷情》中的人物一般,习惯即兴的相遇和迅速的告别,或者即便出轨也要极力遮掩裂痕,纽约太都会,已无过多心思与时日去消化慢条斯理与关系复杂。

"再会,保重,多穿衣"——适合深秋初冬的纽约,是在街角的恋人的告别语。

← 我一个人在Chelsea吃一顿晚餐,坐在街角里,看纽约人走来走去

仿佛,
一 场
告别 Life Is A
Bittersweet
Safari

Chapter 5

爱丁堡

《猜火车》和《一天》

《猜火车》里有着青春的迸发和迷离。《一天》中男女主角手牵手从爱丁堡的阶梯中走了下来。

如诗岁月，或柔情脆弱，或激荡如屎

我觉得我已经忘记了爱丁堡的模样，正如我已经忘记了你的样子。我们在二十岁的末尾来到爱丁堡，但是我觉得我们像爱丁堡一样已经老去，在这座忧伤又古典的城市，我已经忘记了青春滑翔而过在晴空留下的云线。那年不过是6月初始，欧洲腹地的初夏刚刚开始，确乎是抓紧了时间享受短暂的温热时段。我一直就想去爱丁堡，站在苏格兰高地看山峦和天空，这里有很多ginger[生姜，又指红色头发的白种人。]颜色头发的苏格兰人，姜红色的头发，白皮肤，是天然的异国气质，离我们本来就很遥远……

爱丁堡 Edinburgh

爱丁堡城堡下面的"王子大道花园",郁郁葱葱

我从挪威的奥斯陆飞往苏格兰的爱丁堡，6月气温并非差异明显，风力可以很强劲，苏格兰高地云层叠加，清丽透明，从飞机上看到绵延群山，苏格兰有一种可爱的感觉，落地，入境，典型的英国border control[边境检查]步骤，但是爱丁堡的排队入境队伍要短小得多，简短问答，就能走出爱丁堡机场。这座古城，没有地铁，建筑与城市竟然可以保存完好，城中即便沾上了灰黑色尘垢的房屋亦让我满心喜欢，因为我自觉认为那是走入过去，引人入胜的一种方式。我坐在由机场开往市区的双层巴士上，渐次进入爱丁堡，看到爱丁堡"小山城"面貌，高低起伏，爱丁堡山头的城堡在城市的很多角落都自动入目，午后艳阳高照，恍如是一个火热的夏日，但是从预定好的青年旅社出来，却忽然狂风大作，来了一阵暴雨，瞬间浇湿头一阵的欢愉与期冀，苏格兰的气候原来也可以一天四季，变幻莫测，爱丁堡着实是诗意叠加，演绎着英式的古典戏剧成分。

你自伦敦搭了火车来爱丁堡，沿途是美好的英国村庄原野，轻雾缭绕的英国夏日田间，如阿黛尔（Adele）力量歌声中唱出的"summer haze"[夏日里的薄雾。]，维多利亚时代与现代风格在英伦田园中没有太大差别，可以如火车穿梭一般来回倒转。列车乘务员检查车票，轻省的字句，你却觉得字字顿铮，那种强烈的英国口音，你望向窗外，你的目的地是爱丁堡，这里有著名的爱丁堡大学，苏格兰人欢乐许多，谦卑而友好一些，但是我们都知道每一段旅行的开始充满兴奋，到了结尾难免悲伤，因为下一次旅程并未呈现可以知道的模样，空荡内心虽然被美景填塞圆满，却难抵无因的失落。我们约好了在爱丁堡的Waverley火车站见面，桥下的火车站，现代方便，走过桥外步入老城，爱丁堡城堡抬头可见，已经看到身穿苏格兰裙的男子在吹奏风笛，笛声绵长却带着一丝悲悯。

仿佛轻易走入电影场景，那是多年后，我看了一部叫作《一

→ Waverley火车站就在这座大桥的下面

↑ 爱丁堡城中其实也古旧庄重，被雨水淋过了

089

天》(One Day)的电影。《一天》中的开场戏，原来就有当年我走过的爱丁堡斜坡小道。爱丁堡山城错落有致，又分外增加一种古意，情意流转的城市，自是可以用来回忆的。从爱丁堡的卡尔顿山上看夜色中的爱丁堡，灯火微燃，《一天》的第一个镜头，即是在卡尔顿山头的一次凝视，渲染出的蓝色，灯光稀松，浸染了如小说中塑造的舒缓调式，浪漫隐痛，亦刻骨铭心。电影开始的戏，是大学毕业生的庆祝夜晚，这些穿着毕业斗篷衫的爱丁堡学子，通宵庆祝后，清晨天还未亮，却走在爱丁堡古城中的石板路上。过了几年后，我自香港的影院看到这段斜坡场景，竟然潸然。因为这一段斜坡路，我清楚记得我同你走过，因为那一面被漆成浅蓝色的店铺门口，我驻足观赏，反复不舍离开，觉得这条爱丁堡的斜坡路可以来回走，上下之中，魂牵梦绕，倒不是特别因为爱情促膝，却也是友人三四的千般温婉，以情感度量一个城市，用回忆塞满爱丁堡。反观《一天》，真是这样，以爱丁堡开场，用接近20年的时间展示纠缠和不可能圆满的悲凉情感。

爱丁堡在《一天》中只是轻轻一瞥，且是清晨，电影中的角色：艾玛（安妮·海瑟薇 Anne Hathaway 饰）和德克斯特（吉姆·斯特吉斯 Jim Sturgess 饰）与一帮同学走下老城的那段阶梯，我在2009年也走过，印象中，老城阶梯中的拾级而上，转头望见的是连接老城和新城的大桥，而Waverley火车站就在桥下，王子大街繁华又现代，在我去过的很多城市中，爱丁堡真是这样充满了浓缩感的地方。爱丁堡1329年建市，1437—1707年成为苏格兰王国首都。我热爱文化古城，爱丁堡在18世纪时，已经成为欧洲文化、艺术、哲学和科学中心。老城中的中古印象，让我深深沉醉，1583年建立的爱丁堡大学，我曾经多么想来这里完成一个文化的学位，当年在奥斯陆大学毕业之际，确实动过这个念头，无奈，爱丁堡大学门槛高企，只能在畅游爱丁堡的时候去大学感受知识和文明的深海庞大。在爱丁堡的日子，是夏日，遇到每日的苏格兰风笛声，清晨的晨雾，偶尔露出的艳阳。最后一天，偶然走入了爱丁堡大学在老城中的一所校区，上楼去图书馆参观，走进去的时候，门口的苏格兰中年妇人告知我们，可以拍照，但是只能供自己私人使用。我们充满幸福感，内心带着感激，走入二楼的藏书室，没有其他的参观者，只有我和朋友，我们像是落单的伴侣，室外是苏格兰的阴雨，夏日依然可以如秋冬般寒冷，室内满屋的藏书，旋梯之上，阁楼之间也放满书，圣洁而灵动，让人心生敬畏，徜徉在这处爱丁堡大学的图书馆，似乎也做了一番学子，在爱丁堡大学留下了一段时光，无法穷尽的人类知识海洋，恰如一团火炉般温暖略微寒冷的我们，沿着楼梯上行，墙壁上悬挂的古典人物肖像绘画述说着大学本来的历史和沧桑，二楼的藏书室，书架已经封存，里面的书本仿佛如化石一般，整个大厅安静，成为一个会议场所，且以周围满屋的书本作为装饰和背衬，在这样的会议室开会、演说，是不是特别让人觉得内心丰盈且充满力量？

去爱丁堡城堡的路上，一路热闹，这条大道被称为"皇家一里"，大道两旁矗立许多皇家建筑，气势宏伟，兀自述说爱丁堡与苏格兰辉煌的历史。中世纪的历史店铺内展示着士兵武器，硕大铁骑与刀剑，露出肃杀和骁勇之气，苏格兰人曾经在历史长河中与英格兰人征战，永远不屈服。我们和门外的中世纪盔甲士兵合影，露出旅人姿态。苏格兰威士忌中心就在城堡一侧，浪漫传奇，展示了苏格兰的酿酒文化，想一想，无论英格兰，还是苏格兰，都是饮酒豪放的嗜酒之国度，漫长黑夜的冬日，苏格兰威士忌倒是一种绝佳排遣寂寞和寒冷的饮品。这一块爱丁堡城堡前的广场，名叫"Esplanade"，夏日很热闹，是18世纪中人们游行的地方，每年夏季爱丁堡艺术节期间，爱丁堡人都要在这里举行盛大的军队仪式表演。我们游荡在城堡内，这城堡宛若一个完善森严的皇家世界，露出孤高的气质。也难怪，爱丁堡城堡怕是欧洲军事城堡要塞中的翘楚，爱丁堡城堡于6世纪就成为苏格兰皇室的堡垒，比英格兰的利兹城堡早200多年，比温莎城堡早400多年，比德国的海德堡城堡更是早600多年。从古代战争的意义上说，爱丁堡无疑是最坚固最险要也最难攻克的堡垒。1093年玛格丽特女王逝于此地，此后爱丁堡城堡就成为重要的皇家住所和国家行政中心，延续至中古世纪一直是英国最重要的皇室城堡之一。我们拿起旅行手册仔细辨认历史遗迹，依赖直觉感知文化厚重，我们穿梭于爱丁堡城堡中的教堂，乌黑的古炮与城堡建筑上被时间染上的乌黑印记呼应，炮口和当年一样一致地对着福思湾河，演绎着古时防御森严的紧张气氛。站在爱丁堡城堡的高处，看到整个爱丁堡古城，荡然无存之思怀，凝聚霎时的幽谷烦嚣，站得太久，看得投入，苏格兰高地吹来强劲的风，似乎欲把我们撕裂，吹得人心四下涣散。

我则相当喜爱城堡下面的"王子大道花园"（Princes Street Gardens），温婉柔和，竟然有着这么繁茂和安宁的草坪，且面积不小，真是给人惬意舒服的观感。爱丁堡非常古老，但是现代设施也不落后，相当方便，散步之余，抬头是城堡，步履不紧不慢，转眼步入了这则"花园"。爱丁堡的一阵雨后，你我闻到花园中的一种清丽，英国式的树木和园林掩映着葱郁，鲜花也独自开放，晴日必然是可以坐在草坪上，享受酣然温馨的。此时，被雨水打湿后的木椅依然在滴水，花园中的鸟声此起彼伏，喷泉中的雕塑精美，我认为爱丁堡如此秀美，原来我们都是热爱这种安静和古意，和现代时光仿若自动隔离，爱丁堡真有此种魅力，带你回到过去。由此，我认为电影《一天》中，那个二十年来光阴轮转，被戏剧化了的"那一天"，可以以倒叙的方式开始讲的故事，导演真是选对了地方——爱丁堡，让时钟指针倒退，相当残酷……

卡尔顿山山头的景致，因为

↙ 爱丁堡斜坡小道上的店，因为这些
　色彩被我记住了

↘ 走进爱丁堡大学的一处校区

↑ 大雨来临

↖ 爱丁堡斜坡小道在电影《一天》中再现，虽然我已经忘记了这
　条斜坡小道的名字

093

爱丁堡 Edinburgh

← 我在爱丁堡一家非常古老的理发店理发，理发师傅非常友好

→ 卡尔顿山上，看到如希腊雅典帕特农神庙的建筑造型

在几年后看到《一天》的开场而再度被唤起。那一年在爱丁堡，我们选了一个傍晚，散步去了卡尔顿山，只因为听说，登上山顶可以俯瞰爱丁堡古城。阵雨过后，沿着上山的道路前行，没有多少行人，仿佛整个卡尔顿山山头只为等待你我。忍不住不断拍照，还未行至山头，已经留下旅行的背影。到了山头，风力强劲，我把你的女士外套借来给自己，因为我未曾料想6月的爱丁堡可以忽然变作初冬，整个下午的阵雨让我的球鞋浸湿，此刻换上人字拖鞋，披上你的棉衣外套，这种奇特的组合倒是非常自我，我暗自欢喜。卡尔顿山山上，看到如希腊雅典帕特农神庙的建筑造型，亦是一种未完成的"断壁颓垣"，我想起，有人称呼爱丁堡是"北方的希腊"，果真如此，则可以在卡尔顿山头找到印证。后得知这是为了纪念奋勇抵抗拿破仑军队的苏格兰士兵而建造的，建于1822年。行至山山顶，我与你看到那一片爱丁堡，有新城，有老城，却无高楼，爱丁堡安守着自己的步调，并未呈现死寂，真正的死寂是在这卡尔顿山山头，这处山丘的小广场，是古代行刑之地，傍晚，夏日，白昼始终是长的，风太大，但我们舍不得

离开,一直注目山下的整个爱丁堡。史料有写:1537年,贵妇葛丽蜜丝就在此地被当成女巫处死,她的丈夫在爱丁堡的牢房内,亲眼目睹爱妻被烧死的惨况。人行走在爱丁堡的古迹中,脑海中难免浮现皇族争斗和外族抵御之血腥场景,在众多的英国王朝电影中被集中描述过。

下山的时候,趁着天色还未黑下来,我与你,加上朋友,去王子大道的传统苏格兰pub吃一顿典型的"fish and chips":油炸鱼块和薯条，英国人的方便饮食，苏格兰酒吧中的人各自小酌，酒吧播放着足球赛事，我听不懂苏格兰英语，自觉他们有一种可爱和奇怪的口音，是一次很有趣味的体验。Scottish，自有他们的骄傲，虽然要向英国女王俯首称臣，亦不忘记苏格兰风味里的天然幽默与乐观进取。我们说到伦敦的严谨，到了爱丁堡似乎变得自然，古意之中，有了回忆，显得翩然，但是又看到一种基于自身灿烂文明而生的骄傲和叛逆，因为苏格兰人和苏格兰的文化历史迥然而有风格。我记得当年看电影《猜火车》，如果不依赖字幕，很难辨识剧中人物的说词。如今再翻《猜火车》来看，男主人公马克由我喜爱的伊万·麦克格雷格（Ewan McGregor）扮演，马克和他堕落而痴迷的同伴站在苏格兰高山草原中，喊出反讽和自嘲的台词，"我们是人下之人，我们是人渣，人类文明中最可怜，最悲惨，最无用的垃圾。有人恨英格兰人，我不恨，他们只是些自慰狂！"苏格兰与英格兰的对抗情绪，青春的反叛调，在

1996年的"迷幻列车"中带着电子乐的节奏，这一群来自爱丁堡的人，奔跑在爱丁堡的街头，有着一种笃定的痴迷。那个时候，伊万·麦克格雷格大约二十五岁，正是青春好年华，为了瘾君子角色，瘦成竹竿，制造颓靡叛逆的模样，灰色铅笔裤和肮脏的匡威白色运动鞋，是我的观影史中的一款经典造型！那种超现实主义的电影笔法，伊万·麦克格雷格扮演的马克游进马桶，深海一般的，是想象的美好。爱丁堡在《猜火车》里有着清透的天际线，1996年的夜戏，爱丁堡的Volcano酒吧，红色酒吧外墙，一对青春恋人升腾起的炽热，是爱丁堡式的一席旧梦。

在一个大雨的下午，乌云流过，一路小跑，我们躲进一家咖啡馆，点了咖啡独自饮，你说你要去皇宫，我看到咖啡馆外坐了一对旅人，他们也是趁此时光避雨休息。6月苏格兰的寒意上来，即席的忧伤。那对旅人，手里拿了爱丁堡的地图，他们大概是爱侣，有彼此对视闪现的柔情

蜜意，大概他们也在去皇宫的路上——我戏谑对你讲。男子点上了一支烟，雨水噼里啪啦，就各自安静，吸烟，搅动咖啡，咖啡馆内的一种悠然，有着苏格兰古着的装潢。我们等着这场雨下过，大雨转为微雨。我忽然对你说，我不想去皇宫，那些珠宝皇冠，我看腻了，我说我不是苏格兰王室的拥趸，我只想有一种离席的冲动，我离开你和你的朋友，我带着要去剪发的心情走入爱丁堡市井而古老的另一面，在我的欧洲旅行中，我都在寻找理发店，在不同城市理发，语言不通之时，就连比带画，只为剪出一个相似的发型，节省在挪威读书过日子的开销，沟通有时候显得异常困难，但我乐此不疲。

被我找到的这家爱丁堡的barber（理发店），剪发沙龙非常古着，有着历史痕迹，发型师是和蔼健谈的苏格兰大叔，我们交换彼此对于爱丁堡的看法，我大概是他服务的第一位中国顾客。我喜欢这家理发店的调子，两三个苏格兰顾客在理发店里闲聊，东拉西扯，仿若是邻居，又是特别相熟。对于我这个大胆闯入的异国人，他们显示了相当随意和热情的气场，所以我喜欢爱丁堡，不要认为古旧的文化名城充斥了phony[虚假的，认为制造的，虚情假意。]的曲意逢迎和无聊的"书卷气氛"，在我看来，苏格兰人绝对是比英格兰人要来得温暖一些。这个理发的大叔师傅，一板一眼，为我理发，我也没有多讲自己需要的发型，他按照我的谈话，又自己添砖加瓦为我剪了半个钟头，态度认真、手法娴熟，我抬头看到满墙悬挂的画像以及画册，还有这家沙龙在开业时候的照片，黑白老照片散发维多利亚时代的感觉，我再触摸一番自己坐的椅子，亦是古老而沉着的老实派头，这算是爱丁堡旅程中最为窝心和有成就感的一段插曲。理发结束后，这一阵又一阵地落了一下午的雨，算是彻底停止，我满心欢喜，走过爱丁堡那些灰黑，有了纤尘的建筑，我去见你，一路顶着崭新发型。

我站在苏格兰国家博物馆

爱丁堡 Edinburgh

的楼顶，在这个要离开爱丁堡，并且和你说再见的早上，爱丁堡依然落雨，苏格兰的天气，真是阴雨多过晴日。风大，博物馆的楼顶露台，我再次凝望爱丁堡。我看到黑色的哥特纪念塔，那是为了纪念苏格兰作家、诗人沃尔特·司各特而修建的。我记得这座塔出现在那些有关爱丁堡的电影中，我甚至固执认为在《猜火车》里，那些主角们奔跑过的爱丁堡街道，必然有这座司各特纪念碑作为陪衬，它固执的身影，黑色的落满历史的尘埃。沃尔特·司各特在那首《青春的自豪》诗歌中写下这样的话："萤火虫幽幽闪闪，把你的坟墓照亮，送葬，猫头鹰将在塔尖高

← 从卡尔顿山头看到整个古旧的爱丁堡

↓ 暮色将至，我们爬上了卡尔顿山

↓ 我站在卡尔顿山上

唱。"到底，爱丁堡不快乐，古城积蓄回忆漫漫，青春在爱丁堡凸显发白的忧郁，如这时断时续的雨。

在《猜火车》中被埋葬的激荡如屎的青春，回到《一天》中的开场，青春又变得那么脆弱，因为过于唯美，美女靓男，不堪一击。因此，我对你讲，不要承诺，我们在爱丁堡的火车站话别，是告别，也无过多话语，你自爱丁堡搭火车返回伦敦，我则搭了飞机飞回北欧。

这个时候，我却无端想起爱丁堡，正如我坐在香港旺角的戏院，看到电影《一天》的大幕开启，那一派晨曦中的爱丁堡景色，感动落泪。我自看完《一天》，跑到戏院洗手间，关门抽泣，如遇其他人，必然认为遇到我这位疯子。此后，我独行于旺角的热闹中，香港溽热，爱丁堡的寒凉和骤雨，甚至是那一辆行进中的红色爱丁堡双层巴士，我都无比想念。

099

仿佛,一场告别

Life Is A
Bittersweet
Safari

Chapter 6

伦敦南岸

伦敦南岸 London South Bank

《哈维的最后一次机会》、《偷心》

《偷心》里四个男女游离在爱情旋涡之中

以艾玛·汤普森的口吻开始

三年前我在伦敦南岸的国家剧院（National Theatre）外，河堤边散步，看泰晤士河水浑浊流淌，每日傍晚的必修课，是在国家剧院里坐下来，写作，发呆，看伦敦人来来去去，然后可以在岸边等待夜色一点一点上来。除了忍受一种南岸青年人聚集的沸腾，滑板和涂鸦的满目，以及游客扎堆"伦敦眼"上下带来的热闹外，我热爱南岸（South Bank）的散步时光。我在这里拍摄一张照片，三年后，我再在此同一角度拍摄一张照片，都是傍晚时分，伦敦呈现了三年没有变化的一种氛围，照片中的男子只是从A变作了B，但同样呈现了一种散在，游离又迷茫的气质，那是关于青春未被消磨或者正在被消磨的一种过程。

三年后我已经没有青春，剩下疲惫世俗的内心和遭际的一种忧伤，连带发胖身体，皱纹初上，回到伦敦。此刻的你已经不可能如三年前，自信满满脱掉衣服，拿一支酒站在酒吧的黑色地下室内，展露欲望和身体的少许肌肉，且获得肉感的恣意淫想，三年后再回到伦敦，有一些苍老和焕然，再去同一家酒吧，你只觉得伦敦似乎有一点叫人失望——失望，其实是没有了当年的那份年轻骚然，怦然心动，伦敦地标尤在，酒吧陈设，环境没有一丝一毫改变，你走出地铁站，伦敦初秋起风的夜晚竟然好凉，你脱口而出一句"Tonight really sucks！"（"这个夜晚糟糕透了！"）你自熟悉酒吧入口遁入，闻到熟悉气味，汗味与白人腋下散发的特有味道？有人已经穿回衣服匆忙离场，空寂黑色走廊暗室其实所剩无几，你不过喝一支酒，连流连和引诱的

心智都无，穿回衣物离场，在午夜的最后一班地铁开出之前就已经回家。所以，你始终觉得三年了，时间无情删掉诱人图景，努力重走和重访，并未在帮助找回往日感动层面上有一点作用，一点不奏效，还不如不要再去了，至于我再走上了南岸的地段，听到喧闹和沸腾的欢愉，其实我已经自动将其过滤掉，Waterloo（滑铁卢）桥边偶然呼啸开过的火车，伦敦才是熟悉的一座城市，看到圣保罗大教堂，王室婚典已经是隔了一代人物。2011年春天，你在离开伦敦一年后，躲在香港的酒店房间里看电视直播，蓝血人的白色王室婚礼，麦奎恩（Alexander McQueen）品牌的白色婚纱，女主角努力扮演王室优雅，宾客的帽子头饰如此优美，让你又生生眷恋伦敦的各种美好。这一夜，我们自Covent Garden[伦敦市中心的购物和散步区域，翻译为"科芬园"。]慢慢散步，再过河来到南岸，此前在日本菜馆吃拉面，旁坐是连串的粤语对白，很多时候静默不语，体味伦敦步调。剧场外海报鲜亮，街对面排队的伦敦人，是伦敦的一种步调。

　　过河是南岸，城市行走，你当它是一次出轨心动的短暂旅行。在伦敦，这样的散步和时光，虽然于我是有一点老套，还是可以幻想的，如电影《哈维的最后一次机会》(Last Chance Harvey)中的男女主角，中年后的情感干涸连带身体的衰老，慢熟的爱火花，只在衰老和不动声色的静止中燃烧——仿佛就是今日的感觉，我们站在夜幕初上的南岸，不由自主想起这部电影以及男女主角，是我们喜爱的达斯汀·霍夫曼(Dustin Hoffman)和艾玛·汤普森(Emma Thompson)，文艺戏的调子，加之戏骨的表演，《哈维的最后一次机会》[港译《爱·不太迟》]虽然蕴藏中年失意，却也是描述了关于伦敦的情绪。达斯汀·霍夫曼扮演的作曲家哈维·山恩自纽约飞来伦敦参加女儿的婚礼，坐飞机，失掉工作，却在伦敦机场邂逅了一样中年独居的女子凯特·沃克。你说以前不会

2008年的八月，我在南岸拍摄的照片

三年后，同样是傍晚时分，我在南岸同样的位置拍照，年轻人只是从A换到了B

觉得艾玛·汤普森在电影里对达斯汀·霍夫曼念叨的地名如此熟稔，比如要坐火车回到伦敦市区的Paddington[翻译为"帕丁顿"。]火车站，如今，你在伦敦住满三年，Paddington仿若是暗号，连接分散聚合的来去人事，挥手作别，或是迎接烂漫，关于伦敦的故事可以从Paddington火车站的月台开始。三年前我正要离别伦敦，你则新来乍到，有万般期待畅想，伦敦绽放独立开怀又酷劲十足的图画，我怀着不愿离开的心思去希思罗机场，当日并未在Paddington搭乘快线，只是坐上Piccadilly（皮卡迪利地铁线）地铁线一路摇摆到了机场。Paddington火车站经常让内心生出纠结的感伤。三年后的伦敦之行，我可以从希思罗机场搭乘火车到达Paddington，月台上落脚的鸽子不惧怕人声嘈杂，争抢垃圾桶里的剩食，拖着沉重箱子进入地铁站，混入伦敦真正的洪流中，并且不能自已。

电影《爱·不太迟》中的主角就此沿着泰晤士河散步，河岸两边河堤上的黑色灯柱是大英帝国的一种风格，盘旋古典，透露持重。哈维·山恩和凯特·沃克有着中年人的步子，偶尔的玩笑都不如年轻人那般来得鲁莽直接，互诉衷肠不过是过来人的生活辛酸和中年惆怅。伦敦初冬，寒冷，灰色，泰晤士河上跑步的人，大多保有孤清的样貌，温暖是来自碰撞的一对孤心。一身风衣造型的哈维，因为是由达斯汀·霍夫曼扮演，更加显得矮小，形单影只。由艾玛·汤普森扮演的凯特是再普通不过的英国中年落单女子，俩人的宿命借由伦敦泰晤士河两岸风景而铺陈出新鲜浪漫。浪漫不过是内心低回呓语的自我时段，在你脆弱的时刻寻找共鸣排遣。我爱文艺片，泰晤士河的桥竟然如此适合拍摄文艺戏码，走在上面，都有一些故事，河水流过，春夏秋冬，如伦敦本来蕴藏的无尽遐思。我这次在晴空万里的一个早晨，从伦敦Vauxhall[是伦敦的一个区，翻译作"沃克斯豪尔"]桥走到河岸边，沿着泰晤士河散步，可以一直走，经过国会大

↑
我站在SOHO的一家书店橱窗前

↗
傍晚SOHO已经吐露诱惑的姿色了

厦,看到大本钟,伦敦眼,一直走到水族馆,不由自主让我回忆起电影《偷心》(Closer),四个男女之间的反复关系,在爱情里追逐和厌倦。戏中的女摄影师安娜(朱莉娅·罗伯茨 Julia Roberts 饰)和年轻人拉里(克里夫·欧文 Clive Owen 饰)约好了就在伦敦水族馆见面,走出来,他们靠在伦敦泰晤士河边,有一只气球飞了出去,悄无声息,水族馆和这岸边景致只有在《偷心》里才会如此静穆,现实中则吵闹非凡。朱莉娅·罗伯茨的笑声如此爽朗,克里夫·欧文

稍微内敛狂躁。不知道为何,我喜欢一个美国人和一个英国人的对手戏,听到两种语音的对抗如一次晴好天气里的伦敦忽然来了一场过云雨,有点小怨愤,又绝对爽快。《偷心》里的倒错让我们狐疑:"爱"就是"不爱"的另外一面而已,相反亦然。差点忘记,《偷心》里还有一个裘德·洛(Jude Law),有一晚,我们在伦敦遇见了裘德·洛。

那是一个8月的伦敦夜晚,我们在Waterloo[Waterloo翻译为"滑铁泸"地铁站。]地铁站附

伦敦南岸 London South Bank

话剧中场休息，我撞到了抽烟的亚德·洛很庆幸我在伦敦看了由Kim Cattrall主演的话剧Sweet Bird of Youth

近的The Old Vic剧院[The Old Vic剧院作为一家已经有200多年历史的剧院，在伦敦常年上演精彩的剧目，很多著名演员都在此表演过。(The Old Vic网站：http://www.oldvictheatre.com/)]看美国剧作家田纳西·威廉斯(Tennessee Williams)的话剧《浓爱痴情》(Sweet Bird of Youth)(又被翻译作《春浓满楼情痴狂》)，这一次的版本，女主演是金·凯特罗尔(Kim Cattrall)，你不过痴迷当年她在《欲望都市》中的Samantha[美国电视剧《欲望都市》中的"沙曼莎"一角。]形象，对于风流韵事，与之交手的曼哈顿男子过目不忘。古典主义的伦敦剧场，坐满了伦敦腔调的人，偶尔传入耳中，是伦敦娱乐圈子里的笑话，绝非是自己的话题，亦觉得在此刻和伦敦的距离竟然非常遥远，生活都是别人的。话剧开演，金·凯特罗尔年过半百，依然精力充沛。女主角金·凯特罗尔和男主角塞斯·纽姆瑞奇(Seth Numrich)以一种非常性感的清晨戏码开始，那是一夜烂醉和销魂做爱后的清晨，一个过气的女明星与一个小白脸，有人沉醉于男主角塞斯·纽姆瑞奇背部全裸，那一个浑然美好想象留驻在舞台角落。幕间休息，我独自走到The Old Vic外，伦敦的夜色未尽黑，抽烟的男子有着熟悉的脸庞，只是秃头谢顶有一些厉害，点了烟抽，和两个女性朋友说开去，我定睛一看，正是裘德·洛，路过的观众自然淡然，任由裘德·洛变作观众中的一员，他抽烟，说一些话，没有人在意，他从我面前走回剧场，一切都像今晚伦敦的风一般，倏然而过。现实中的他不过是《偷心》里那一个扮演的被生活和爱情戏弄的作家而已，相隔十年，这一晚，站在我面前的裘德·洛却和《偷心》里的角色最为接近，看来我们都是在"靠近"的过程里左右摇摆，你我只不过想给彼此一个拥抱，让彼此内心走得更近一些(《偷心》的英文名字叫作"Closer"，直译是"更近"的意思)。 这一晚和伦敦南岸的许多微凉触景互相映照，煽情自主的强大内核被推动，引爆，走出

伦敦南岸 London South Bank

剧院，我分明记得《浓爱痴情》的海报里有两张挣扎不能自已的脸……

三年了，我站在南岸，走进国家剧院，使用同样一个三年前使用的洗手间，听到三年前一样的在岸边大声朗读的英文颂词，我看到和三年前看到过的一样的年轻气质，改头换面只是人物本身，内核并无改变。我站在桥上，背景里的伦敦也不会改变。这一片南岸，艾玛·汤普森扮演的凯特在国家剧院里上"写作课"，孤身伦敦女人热爱阅读和写作，南岸可以将这种孤独收纳，伦敦在我看来如此宽广和让我可以和内心靠得更近一些。

我们的故事其实已经跟随电影《爱·不太迟》回到南岸，酒醉微醺，你站在岸边，聒噪的街头表演，或者掺和了岸边餐馆里的人声鼎沸，从某个角度拍摄"伦敦眼"，从夜中泛出的紫色光晕，这一刻，你尝试把伦敦看个仔细明白，并妄图以艾玛·汤普森的口吻述说内心惶恐与对未来的无甚知晓……

↑ 散步伦敦
→ 这一派伦敦南岸的风光，不曾改变
↘ 三年后回到以前实习过的BBC，已经搬家到了市中心的Oxford Circus，从BBC新广播大楼看到的伦敦的天际线

110

↑ 夜晚走入Covent Garden

↗ 伦敦狂欢节上的警察

仿佛,
　　一　场
告别

Life Is A
Bittersweet
Safari

Chapter 7
牛津

《故园风雨后》电视剧版(上)和电影版(下)

1981年电视剧版《故园风雨后》的两位男主演分别是杰瑞米·艾恩斯和安东尼·安德鲁斯

"故园"塔尖上的年轻温软

我的心中有一所"故园",年轻之时,我觉得它已老掉,在牛津,据说保存了一种中古印象,几百年岁月,并没有太大改变,我在飞行的夜机上阅读英国作家伊夫林·沃(Evelyn Waugh)的小说《故园风雨后》(Brideshead Revisited),又看过1981年版改编的电视剧与2008年版改编的电影《故园风雨后》,对于牛津的确是以"故园"开始。我从伦敦Paddington[帕丁顿火车站。]火车站上车,独身去牛津,难免落寞,不过既然是个人怀旧的心思那还是留给一个人享受比较好,两人的谈笑,可能会冲淡了执拗的怀旧戏路,露出旅行的尴尬一面,有时我很怕和人分享旅行,即便是遇到善意的陌生人,我也难以搭讪,或者热情熟络不到哪里去。我明白我去牛津要寻找的是什么,我逐渐明白《故园风雨后》就是一本写给我自己的小说,它的优美,它的感怀,它的那些不可理解的情愫,关于死亡,放逐,流浪,宗教,文字优美到一种让我反复朗诵的程度,情怀则是让过去成为唯一可以被倾诉的对象,我们都是"故人",似曾相识,辗转在人生无数的渡口上,有一些地方确实需要重走,是回访,如一直纠缠着我们的故去。寻找故去,牛津大约是最佳场所。

牛津　OXFORD

回忆是从前往牛津的火车上开始的,英国郊野田园风光,天气实在好,白云压低,牛羊在英国的原野上形成一种风景,伦敦远去。我第一次看《故园风雨后》是在2009年留学北欧时,只因为我是英国男演员马修·古迪(Mathew Goode)的粉丝,现在来看,当时我对于这部电影的理解完全是粗浅的,我不可能完全理解那种角色和光影中倒映出的一种Englishness(英国性),只觉得牛津原来如此颓唐,有着一种古典美,学堂之外的烂漫和夏日时光,是留在心里的一种挥之不去的欧洲情愫。随后的镜头一转到了威尼斯,我和由马修·古迪扮演的查尔斯·莱德(Charles Ryder)一样心潮澎湃,我想到我在威尼斯看到那些震撼的教堂、雕塑,那是意大利文艺复兴的峥嵘岁月,缇香的画作,米开朗琪罗,如此辉煌的名字裏挟了艺术人物悲悯的人生在荡涤的威尼斯河床中慢慢枯萎,成为故去,威尼斯真是浩荡而多姿色,难怪小说电影中的人物背叛了宗教的束缚,会选择逃离到威尼斯。Charles Ryder被贵族子女塞巴斯蒂安·弗莱特(Sebastian Flyte)、朱丽叶·弗莱特(Julia Flyte)带领,徜徉在冈朵拉之上,被威尼斯的圣迹所震撼,诚如我当初望见意大利的这份辉煌,艺术创作的灵光闪现,成全了一次自我放逐的心灵之旅。

《故园风雨后》讲述了这样一种似乎永远在浪迹天涯和孤独的处境,这种浪迹是永远的出走,和永远没有抵达的感觉,即以感情的错位,人物轮回轨迹,不同城市间游走,或者重返布赖兹赫德庄园(Brideshead)等情节来表达。孤独自处的时刻,回忆就如夏日英国庄园傍晚升起的一层轻雾,朦胧缭绕。小说安排主角Sebastian Flyte病死在北非,在我看来,客死他乡也许是流浪人生的一种归宿?愈是这样被自我的文化所放逐,客途秋恨,大海遗珠,愈能想起在牛津度过的青葱无忧岁月。这一部2008年电影版《故园风雨后》因为有一个强大的演员班底,包括

↑ 俯瞰牛津古城
↙ 寂静巷子里传来脚步声

117

后来红起来的英国小生本·卫肖（Ben Whishaw）和戏骨艾玛·汤普森（Emma Thompson），导演编剧细节和对白亦步亦趋，当年让我十分喜爱。一直到我找到1981年的电视剧版《故园风雨后》，我觉得Charles Ryder的那种怀旧口吻因为当年的男演员杰瑞米·艾恩斯（Jeremy Irons）讲出来，瞬间才有了特别的时光感觉，电视剧以一种宏大甚至冗长的篇幅改编小说《故园风雨后》，当年这部十一集的英国电视剧如果按照现代影迷的审美眼光来看，绝对是太过缓慢和老成，十一集的《故园风雨后》1981年10月在英国ITV首播。故事开始于二战前夕的英国。描写了伦敦近郊布赖兹赫德庄园（Brideshead）一个天主教家庭的生活和命运。老马奇梅因侯爵（Marchmain）一战后抛下家人长期和情妇在威尼斯居住；父母的生活丑闻给子女打下了耻辱的印记，扭曲了他们的天性。Charles Ryder认识了同在牛津校园中学习的马奇梅因侯爵夫人的儿子Sebastian Flyte，他作为描述人目睹了Sebastian Flyte的家庭衰落，并且经历了和Sebastian的姐姐Julia Flyte的情感纠葛，当他以二战时的军官身份重返布赖兹赫德庄园的时候，那些隐秘和暧昧的情感又再度回到心间：Charles Ryder与Sebastian Flyte在牛津度过了酣然甜美的青春时光——这些时日在电视剧版的《故园风雨后》中被毫无保留地展示了，两位俊朗男主角渐生的情愫仿佛被埋进了牛津郊外的树下，在十几年的光阴轮转中若隐若现。在电视剧中，男主角Sebastian和Charles躺在牛津郊外的树下，享受英国难得的夏日时光，他念出小说中的语句，"I should like to bury something precious in every place where I've been happy and then, when I'm old and ugly and miserable, I could come back and dig it up and remember."［我应该在每一个我快乐生活过的地方都埋下珍惜之物，当我老去、变丑、悲凉之时，我能再回来，把这些珍惜之物挖掘出来用于回忆。]

此刻,我坐在前往牛津的火车上,如果Sebastian的话没有错,或者正如作者伊夫林·沃写出的这段话,牛津埋葬的就是我们每一个人的青春以及那种一辈子只有一次的欢愉和暧昧吧,如果是这样,牛津如此古老,但是每次来过,就能在你熟悉的地方挖掘出一种刻骨铭心,此种意味透露来的苍凉是富丽又繁华,哀伤又怅然的。

因此电视剧版的《故园风雨后》于我是一种暗语,我可以关掉画面,只听到Jeremy Irons的独白,就能想象青春夏日的牛津是散发着怎样的情怀。所以当我抵达牛津后,我知道我要去的地点。越往牛津市区走去,越发觉原来牛津如此硬朗,中古印记如此明晰,竟然过了这几百年也不会变化,是让我非常感动的。有人说,"女人爱剑桥,男人爱牛津"——所以牛津是男人的天下,也出产政客?从历史记录来看,牛津大学校园从何时建立并没有确切的记录,但是教学记录开始于1096年,是英语国家中最为古老的大学。在这片古老中,最为声名显赫的贵族学院无疑就是1546年创立的Christ Church(牛津基督教堂)了,这处不以"大学"或者"学院"称呼自己的象牙塔出了十三位英国首相。它的古老庄重似乎是其他牛津学院无法比拟的,甚至让身在一旁的剑桥大学也只能望其项背。Christ Church的一部分场景也被用于《故园风雨后》电视剧的拍摄,因为小说中的Sebastian Flyte就在此学院学习,因为家族显赫,所以可以想象Christ Church的学子大都拥有声名显赫的社会地位。

我走进Christ Church,The cloister(学院回廊)里的顶梁与天顶,是我在《故园风雨后》中见到的熟悉场景,天顶和哥特风格的雕像顾自静谧,述说牛津大学的尘封历史。天顶和回廊是Charles Ryder曾经走过的,显示了一种牛津的校园氛围,带有特别的历史感和古典气

息。那些年月，Christ Church还没有开始招收女学生，因此牛津学院还是一派男子天下，所以才有电视剧中牛津学披挂学士服装，从这里走过，周末夜晚男学生饮酒作乐的场景。我是后知后觉，当日只觉得牛津的这一处学院属于先辈，一砖一瓦都是历史，一个角落里都藏着故事和文化。当然牛津赐予我的惊喜和震撼不仅仅止于这些。

随后，我又登上在Christ Church的Hall，因其用餐聚会大厅曾经作为《哈利·波特》电影的拍摄场景如今成为一个"哈利·波特"迷的朝圣地，学院不得不控制人流量，往往在午后

↑ 走进牛津基督教学院的路途上，看到一种美好
↗ 抵达牛津小城的城中

馆里进出的面目严肃的牛津学子,照常生活着。站在这里,可以联想到"哈利·波特"系列电影的开始,角色Mcgonagall[麦戈纳格尔]教授在电影中就是在此处欢迎哈利·波特和他的同学们第一次来到魔法学校Hogwarts[霍格沃兹]。Christ Church确实代表了英国大学与精英文明的完美结合。

我站在Christ Church里宽敞的Tom Quad(汤姆中庭)四方建筑,铺展的草坪,正面的汤姆塔楼和整个安静的广场庭院相得益彰,形成一种气场,中午12时,汤姆塔传出钟声,是回旋在牛津中心的一种固定旋律,已经有好几百年了,时光在Christ Church里可以被凝固成一种不变的频率。在此学习的学子真是拥有无上荣光,天之骄子,孕育在朝阳和人类知识的浩荡海洋中。汤姆中庭中间有一个雕塑池塘,叫作"Mercury",主神墨丘利,或者水星池塘,也被写进了《故园风雨后》中,因为在牛津大学过去有一个"整人"传统,念体育

就会关闭,所以要想走进Christ Church的聚会大厅,一定要早早前去。我相当喜爱走上Hall的旋梯,古老持重,一律的石头颜色,灯盏勾勒出庄重,没有多余装饰,旁边的教室依然在使用,其实整个Christ Church虽然大部用于游客参观,却保留了大学本来的功能,教书育人,图书

的学生会把念艺术的学生抛进这个池塘，所以书中的Sebastian Flyte对Charles Ryder说，自己被抛进了池塘，但并未觉得被池塘水弄得清醒明目。我就在Christ Church里按照路线走来走去，抬头看到古老计时仪器依然可以辨认时光荏苒，那些古色古香的中古建筑顽强自我，不被打扰。我来到大学外的大草坪，隔着草坪仰望Christ Church的剪影，大草坪上还有吃草的牛，它们或慵懒打盹，营造出一种乡间原始风味，远离尘嚣，接近内心。

除此之外，我的旅行计划是要登上St Mary the Virgin（圣玛丽教堂）看整个牛津的塔尖和哥特面貌，那是被很多电影描摹的一种牛津面貌，暮鼓晨光，盛然宏伟，甚至散发神性。1981年版的《故园风雨后》第一集，被战争打得落魄不已的Charles Ryder重回布赖兹赫德庄园，记忆闪回1922年的牛津岁月，Jeremy Irons 念出的独白，"Oxford,in those days, was still a city of aquatint her autumnal mists, her grey springtime, and the rare glory of her summer days such as that day when the chestnut was in flower and the bells rang out high and clear over her gables and cupolas, exhaled the soft airs of centuries of youth."［牛津，那时还是一座精雕细刻的城市，她秋日的雾霭，灰色的春日时光，以及罕有的夏日闪光时刻——这夏日里，栗子树开了花，从高处传来的钟声，萦绕在塔尖和炮塔之上，散发出几个世纪的年轻温软空气。］配合的镜头画面则是从圣玛丽教堂上看到的一派牛津

→ 步入牛津基督教堂里的回廊，天顶是典型的哥特造型，充满中古印记

↗ 汤姆中庭的中央有一个主神墨丘利池塘

↑ 牛津基督教堂里的聚会大厅如今是哈利·波特迷的朝圣地

122

永恒画面：高耸的哥特建筑塔尖历历在目。我向往牛津一瞥，自然是要从这个教堂的顶端看下去。我从圣玛丽教堂底楼买票上楼，一路曲折，楼道旋转只能容下一个游客，上到顶端依然狭窄，但是不影响各位游客观瞻，我在教堂顶部痴痴望向对面的牛津学院，我在那一刻非常感动，可以落泪。Jeremy Irons是我喜爱的英国演员，典型的English man（英国男子），那就是我想象的English man的一种经典印记，在《故园风雨后》中被他演绎出分外的优雅、忧郁而又性感帅气，电视剧中有一集，航行在大西洋上的船，颠簸之中的热情，但是又瞬间被海风和大西洋吞没。我细细咀嚼角色Charles Ryder和Julia Flyte在这航船上迸发的被抑制的爱情，都是一种老去的姿态，英国男人过了三十大概就呈现一种沧桑，Charles Ryder已经告别了牛津岁月，留起胡须，带上满身忧霾与在南美洲采集的艺术之光，成为了画家，Julia Flyte也是一个伤痕满身的人，这样的两个人重遇在大西洋上，海风强劲，和英国初冬散发的寒冷一样，爱比死更冷。Charles Ryder的那些神态在Jeremy Irons冷淡而悲凉的外在表演间变得非常疏离化，愈加让我怀念电视剧开始的那一集，牛津夏日所散发的一种光芒，温暖而充满了不羁。

此刻，我举目远眺，看到圣玛丽教堂对面的Radcliffe Camera：牛津大学的医学和科学图书馆，饱满的印象，不管如何，这一刻，我站在圣玛丽教堂的顶部，看到这一派牛津哥特顶端的美，牛津就是不老的青春代名词，再古旧的历史沉淀中，总有青春一瞥留下的那种情思，关于爱情，关于友谊，关于自我的成长！

从圣玛丽教堂下来，再往牛津的街道中走去，经过牛津的学院，我邂逅了著名的"廊桥"，或曰"叹息桥"。这座廊桥实则属于Hertford College（赫特福学院），《故园风雨后》作者伊夫林·沃就读的学院，他即把小说中的角色Charles Ryder安排在此。电视剧中我们可以看到Charles Ryder住宿的赫特福学院学生宿舍曾经就是伊夫林·沃住过的地方。那一晚，饮醉酒的Sebastian就这样误打误撞走进了Charles的生命，两人的第一次遭际就在赫特福学院，作者伊夫林·沃当年的宿舍窗前。所以，当我们看到电视剧中扮演Sebastian Flyte的男演员安东尼·安德鲁斯（Anthony Andrews）以一种Dandyism[纨绔，喜好修饰，时髦的一种美学定义。]做派，驾了车载着Jeremy Irons扮演的Charles Ryder从廊桥开出了牛津，我们心领神会，并为这一处廊桥所形成的优雅学院魅力赞叹不已。我站在廊桥前后处，驻足，有人骑着自行车经过，制造风一般的效果。我紧接着朝着廊桥里面的小巷子走，竟然遇到一种牛津的安静，小巷子里抬头可以看到哥特造型的学院顶部，巷子里偶尔传来的脚步声，让这一切显得悠然自得，似乎《故园风雨后》中，在牛津骑车的男学子们瞬间复活，形成新的遐思。

我不紧不慢在巷子里走，这条巷子叫作Queen's lane（女王巷），我步入St Edmund Hall（圣埃德蒙堂学院），这处学院真真是一个故园的样子，如今小小的底楼依然作为办公使用，我走得累了，坐在花园里发呆。我独步到了学院后面的教堂墓地。远处有钟声响起，无端来了一阵微雨。我又想起了《故园风雨后》的台词，它们就是适合在牛津背诵的，一遍又一遍，竟然让我觉得有点悲伤和无力，人生有时就是很无力的，极力挽留，其实都是徒劳。让墓园里的灵魂说话，让千古情绪变作活物。《故园风雨后》里的情绪在牛津的这一刻升华，交割，再被风雨打散。女主角Julia Flyte的话，"Sometimes, I feel the past and the future pressing so hard on either side that there's no room for the present at all."[有时候，我觉得过去和将来互相挤压对方，异常凶狠，反而未有现实存留之所。]写的是我的感觉，未来不可知，过去刻骨铭心，当下很多时候让我无所适从。

在要离开牛津的时候，我又走回廊桥，并且进入对面的Bodleian Library（博德莱安图书馆），欧洲最古老的图书馆之一，宏伟不能穷尽的人类知识海洋，云压得很低，这周围的建筑有时候安静到让人敬畏，牛津学子依然在使用这些大学设备，并行不悖。附近的Sheldonian Theatre（谢尔登尼亚剧院）是每年牛津学子举行毕业典礼和学位受礼仪式的地方，《故园风雨后》的第一集，Charles Ryder穿着黑色学士服和他的堂兄Jasper从这里走过，因为那一排罗马皇帝头像雕塑点缀在剧院外墙，我记忆深刻。电视剧活化了英国20世纪20年代花呢剪裁，西装领带看来是一种经典英式造型，走在牛津的一种历史中，

牛津 Oxford

→ 赫特福学院著名的「叹息桥」

↑ 登上圣玛丽教堂，俯瞰牛津的那些哥特塔尖和古老庄严

→ 牛津印象
→ 圣埃德蒙学院里的墓园就是一个「故园」的样子
→ 圣埃德蒙学院里的鲜花

再合适不过。所以我觉得，社会越现代，礼仪和精致越被人遗忘，只有在"故园"中去找寻。题外话，电视剧中，Charles Ryder和Sebastian Flyte的西装剪裁美轮美奂，Jasper和Charles Ryder走过Sheldonian Theatre时，Jasper说"要找一个伦敦的西装师傅，你就可以得到一个更好的剪裁，得到更长久的赞誉！"——这话放到如今更显珍贵。

接近傍晚，我在牛津的火车站等回伦敦的火车，乌云上来了，远去的牛津学院建筑好荒凉，却是我内心最为喜欢的模样，牛津，这故园，我何时才能重访呢？心中难免生出无端惆怅，此刻，雨越来越大，阡陌如深秋……

→ 邮箱在牛津古建筑中的一个邮筒
谢尔登尼亚剧院周阔都是这样的铅黄色建筑

↓ 她吹奏的是一种牛津亘古不变的旋律

我走入了圣埃德蒙堂学院背后的教堂和墓地

← 圣埃德蒙堂的墓园

129

仿佛，一场告别

Life Is A
Bittersweet
Safari

Chapter 8
剑桥

《剑桥间谍》、《西尔维娅》

在电影《西尔维娅》中,由格温妮丝·帕特洛扮演的美国女诗人西尔维娅·普拉斯和丹尼尔·克雷格扮演的诗人特德·休斯泛舟在康河上,并且大声朗诵乔叟的诗歌

四个贵族间谍，与一个诗情之所

要和过去说再见，并非易事，不是每一个人可以洒脱地做到，铁了心，选择了一条不归路，也许可以狠心和昨天彻底告别，因为过去一直是一种纠缠和负担，这样的决绝到底是太过戏剧化的，几乎只能发生在电影中，诚如英国电视剧《剑桥间谍》（Cambridge Spies）里的两位男主角，在剑桥完成了学业，即将开始自己的间谍生涯，他们脱光衣服，裸体站在剑桥学院的桥上，再饮一杯酒，自桥上豪迈跳入康河中，完成了一种仪式化的和过去告别的行为，他们让流淌过剑桥的康河展示了类似于"洗礼"一般的力量，这一场景被我牢牢记住，电视剧中的戏剧人生离我们似乎很遥远，但是，我们又难以尽数这康河到底给予了多少曾在此留驻的学子、文人以文化"洗礼"和精神滋养，剑桥像一条柔软多情的缎带，迎风飘扬，温柔浪漫，满腹诗书，又豪情万丈的。来到剑桥，让即便不是在此求学的旅人生出喟叹：尘缘旧事未了，再决然，还是有一个过去拼命在此扎下了根，很难摆脱。

我去过两次剑桥，前后间隔了四年的时光。第一次去的时候，两人搭伴同游，天色不好，走进剑桥的学院，更加阴沉，记忆里最深刻的是在康河的桥上看撑船而过的游人，留下靓影，那时的伦敦国王十字火车站正在大力装修。四年后再去剑桥，国王十字火车站已经以崭新面貌出现，又找来伦敦的朋友结伴出行，那一日的早晨，虽然是8月，却觉得伦敦无端端冷得像初冬，虽然去往剑桥的车程，阳光蓝天，一路的洗练，到了剑桥还是觉得冷，是典型的英国气候，我觉得自己穿少了衣服，起了风，寒意上升。所以，我们这次干脆就从剑桥的火车站一直走路到剑桥的市区。因为是步行，路途上看到大教堂在维修，走路让我暖和起来，不知不觉已经到了剑桥中心的广场和人流汇聚地点，记忆一下子就回来了，四年前，我也是在这里，遇到同样不太晴朗的天气，看剑桥里涌动着的一种清冽。

我们坐在国王学院（King's College）门前，天空聚拢的云层，好像是油画里的天空，被渲染得层次分明，有着阴郁的调子。这次再到剑桥，我发现剑桥的旅游景点味道更加重了，四处都是邀你参加游船的打工男女，口若悬河邀你上船，撑篙的学子，穿着统一的服装，西装背心和短裤，以及船鞋，一种剑桥的风格。这些小伙儿沿河可以为你讲述四处的剑桥学院风光以及历史文化，如若你是懒惰的旅人，就可以选择一条游船，荡涤在康河的柔波里。我们还是选择走进剑桥的小巷子，去那些灰铅色和黄色的石柱建筑中游走，领略古老和哥特风格的剑桥学院。这次在剑桥是要弥补以前未有尽兴参观的学院，当时学生时代囊中羞涩，经过三一学院（Trinity College），都没有入内，这次决定饱览一番。进入三一学院，即刻被巨大宽阔的中庭吸引，四周的建筑围绕，草坪盛放出的勃勃生机与带着历史故事的建筑形成一种对照和隐喻，也许这就是三一学院永远没有枯竭的生命力的象征，在剑桥，我忽然体验

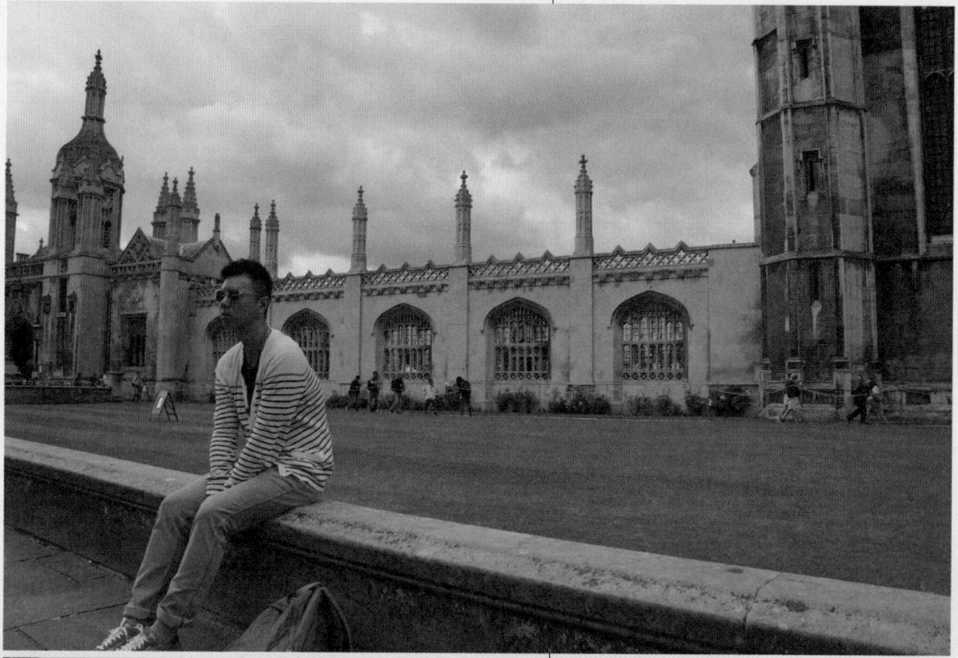

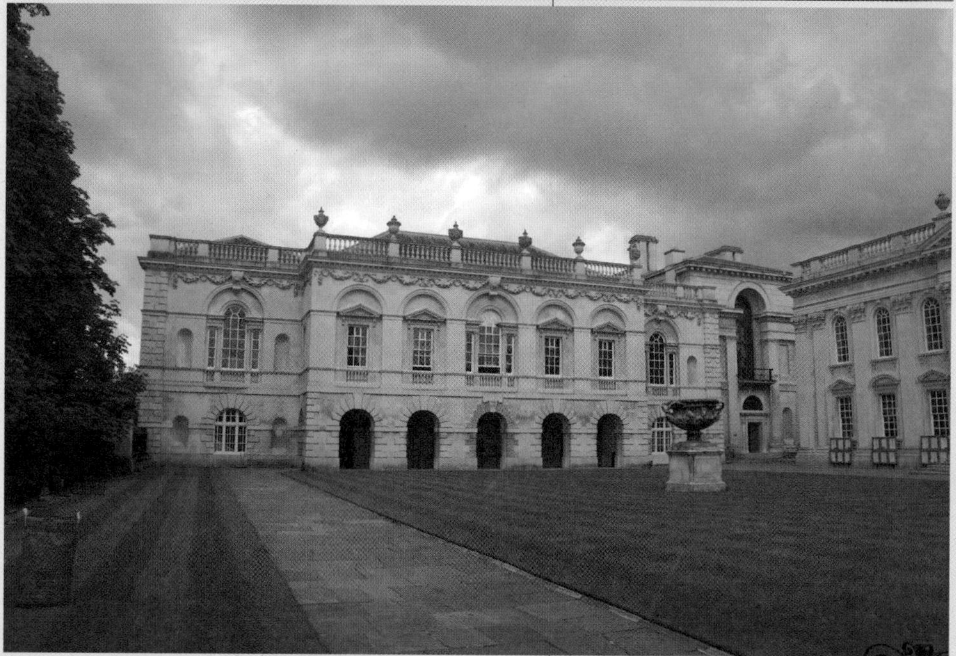

剑桥 Cambridge

↑ 三一学院的中庭

到愈古老愈年轻的味道，该是如三一学院一样，让古老成为一种美谈，让年轻再去烘托出美谈的古韵来。

　　三一学院里，中世纪时期国王学堂所使用的学院钟楼，直到今天还在为学院报时。我们走进三一学院的教堂，看到牛顿雕像，宁静骄傲，自有一份尊贵在里面。三一学院的教堂是由亨利七世的女儿玛丽·都铎于1554年修建的，而整个教堂的内部装潢到18世纪才能全部完成。后来，我读到关于三一学院的传统逸事，说是古老的三一学院依然保留着许多繁琐的传统习俗，例如每天晚餐前全体师生都必须一起祷告。另一项较为有趣的传统则是让入学新生在到校的第一天尝试在正午钟楼敲钟时，围绕巨庭跑完一圈。学生必须在钟楼敲完全部钟声（大约43秒）的时间内跑完长达367米的庭院，而这即使是对职业田径运动员而言也是十分高难度的挑战。三一学院在暑期的5月舞会是英国第二大的有名舞会。如此传统，不得不佩服剑桥大学本来所传承的一种尊贵和执拗，执拗往往是对于boring[无聊和无趣。]现实最顽强的对抗，所以，我觉得，任何的传统到了剑桥，都扎下了根，即使是沉沦般的哀伤，也是难以自拔。

想到这些学子们当日在剑桥的风光，我就记起《剑桥间谍》中的四位剑桥高才生的唐璜生活，为剑桥添加了一份过于理想化的光环。电视剧中描绘的剑桥生活是1934年，即将毕业的金·菲尔比(Kim Philby)和唐纳德·迈克林(Donald Maclean)遇到了苏联间谍盖伊·伯吉斯(Guy Burgess)、安东尼·布朗特(Anthony Blunt)，一腔反法西斯理想的共产党员金·菲尔比在盖伊·伯吉斯、安东尼·布朗特的引导下，成为苏联在英国的间谍，希望用自己的实际行动为反法西斯事业做出贡献，加上唐纳德·迈克林的加入，最终成为历史上著名的"剑桥四子"。在2003年BBC拍摄这部迷你电影之前，"剑桥四子"的故事就在伦敦上演过，20世纪80年代改编自舞台剧的Another Country(《另一个国家》)，正是讲其中一人盖伊·伯吉斯的少年往事，当年风华正茂的演员鲁伯特·艾弗雷特(Rupert Everett)演盖伊·伯吉斯一角，他戏中后来死于西班牙内战的老友，则由当时甚为嫩口的科林·费尔斯(Colin Firth)饰演，Another Country画面之唯美堪称一绝。到了2003年，BBC完整呈现"剑桥四子"的故事，虽然加入很多戏剧化成分，很多历史事实还是基于当年史料，至于这四位毕业于剑桥的高才生是如何风流倜傥，又有情有义，演绎绅士风格，却又满怀理想，投身自以为是的"革命事业"的，从这部迷你电影中可见一斑。在第一集中，金·菲尔比第一次接到任务去到维也纳，为搭救受难的柏林犹太教授，对着纳粹士兵亮出自己的英国护照，金·菲尔比冷静地说道，"我毕业于三一学院"。他对奥地利女子说，父亲教过他如何成为一个绅士的修为，他怀着一颗善良的绅士心，搭救受法西斯迫害的人，口里默念"God save the King（天佑国王）"。这些关于剑桥的点点滴滴，在起伏的情节中被唤起和点亮，成为一种暗示，剑桥，在1934年看来，依然是一个自由心灵的收容所，虽然恪守严格的男校规则，却也是波涛汹涌，暗藏玄机和争鸣的地方——起码，在电视剧中，被戏剧化了的场景中，我们看到剑桥的男校生，穿着黑色袍子，把哲学和思想当作晚餐的话题，安东尼·布朗特此时已是三一学院的fellow（大学研究员），同教授们坐在高桌之上，革命和大时代的变革，风起云涌，你可以捍卫自己的理想和信念，并为此付出生命代价，在剑桥，信念和科学变得如此崇高，令人敬仰。

当四人从剑桥毕业，决心迈向人生的新起点时，电视剧安排的场景是康河边的草地，黑色西装，霓裳靓人，有庆祝的香槟，20世纪30年代的爵士音乐，就连撑着长篙的男子也是白色的绅士西装打扮，仔细庄重，没有半点疏忽。盖伊·伯吉斯冲上桥，脱光衣服，纵身一跃进了康河，随后金·菲尔比和唐纳德·迈克林亦跟随他的脚步裸体跳入河中，三人口中念叨，"别了，剑桥；别了，过去……"我们相信，从剑桥出发的人生，尽然可以如此充满嬗变和戏剧成分。我想起电视剧第二集里，乔装的盖伊·伯吉斯为了掩盖自己的间谍身份，忍痛和曾经深爱过的维吉尼亚·伍尔夫（Virginia Woolf）的侄儿朱利安·贝尔（Julian Bell）分道扬镳，他们当年同在剑桥三一学院，盖伊·伯吉斯走在学院的回廊里，曾这样赞叹朱利安·贝尔："He frightens me 'cause he burns so brightly. Bright, beautiful flames burn out."[他让我不安害怕，因为他如此闪亮地燃烧，明亮、美丽的火焰喷之欲出。]如诗歌，剑桥里的学子说话都是在念诗。那一晚，在伦敦的酒吧，盖伊·伯吉斯假装疏远和拒绝了朱利安·贝尔之后，独自一人躲到了酒吧的角落，黯然吞没痛楚。正如安东尼·布朗特对他们四人说的，"completely burying of the past"（全然埋葬过去），世间又能有几人能够做到？

　　从三一学院出来，我又见到了那棵长在学院外面著名的"牛顿"树。当年的苹果落地启发了伟大的物理学家牛顿之猜想，我狐疑这棵"牛顿"树应该是后来的人故意种植的，不然哪有这样看起来稚嫩文艺的树？四年前，我坐在"牛顿"树边，给父母和朋友写明信片，我今日仿佛又看到那时的我坐在那里，电影蒙太奇，我记得四年前的午后和煦春

← 三一学院外，四年前，我坐在这里给亲朋好友写明信片
↓ 灰铅古旧的剑桥巷子却让人心驰神往
↙ 哥特雕塑依然是剑桥大学各个学院的标志

光惹来剑桥的旖旎，花开四处，真正的草长莺飞。四年后故地重游，我和朋友穿过小巷，过街的那条巷子我当年站在那里拍过一张照片，历历在目。此刻我们为了取暖，尽快走入一家餐馆，典型的英国餐馆，朋友要了一份Fish and chips，我则要了一份汉堡薯条，热茶奉上，赶紧喝一杯，餐馆里的气氛我很喜欢，安静温暖，并且价格适中，这份薯条汉堡和Fish and chips相当地道，绝非快餐味道，听到周围探访剑桥的游人谈笑，法国学生坐在一起，啤酒加主食也是分外热闹，是"热"但是不"闹"。在剑桥的午餐休闲，我分外觉得舒坦，倒不是因为这家餐馆真正到了好吃过分的程度，只是因为歇脚的时刻有着一丝剑桥家常的味道，让这种午餐休闲变得饶有趣味，且踏实可感。午饭过后，日光就出来了，一扫清晨的阴霾，气温也迅速回升。可以继续在剑桥行走。

四年前能免费穿越的卡莱尔学院（Clare College），现在居然也被圈了起来，收费才能走进去，穿过大学，走入那片花园，且在最佳的桥上领略康河美景。无奈之下，我们只有交费进入。在踏上桥墩前，我们得以走进河边的花园，鲜花长势良好，被修剪的草坪吐露一种慵懒的芬芳，清新的味道散发在花园中，走在康河边，看到撑着船篙的人，来来去去的船，泛舟在康河上，应该和徐志摩当年激荡在心的那份诗情一样。所以我们赶紧上桥，领略一派康河的柔情。斜对面是国王学院的草坪，四年前我和Amy在这里拍照，四年后换作了Vivian，世界和时间轮转奇特，聚散离合，又飘荡，又游离。

剑桥真是和诗歌相关？不然，徐志摩也不会如此挥袖感怀，带不走一丝云彩，却留下千古的忧思情状。这让我想到电影《西尔维娅》（Sylvia）：还是青春年少的西尔维娅·普拉斯（格温妮丝·帕特洛 Gwyneth Paltrow饰）满腹诗书，热烈创作，从美国来到剑桥学习，她在剑桥邂逅了同样是诗人的特德·休斯（丹尼尔·克雷格

141

剑桥　Cambridge

遇到老人们在此闲坐

站在桥头，我的背后就是国王学院著名的大草坪

撑一支长篙，荡漾在康河上

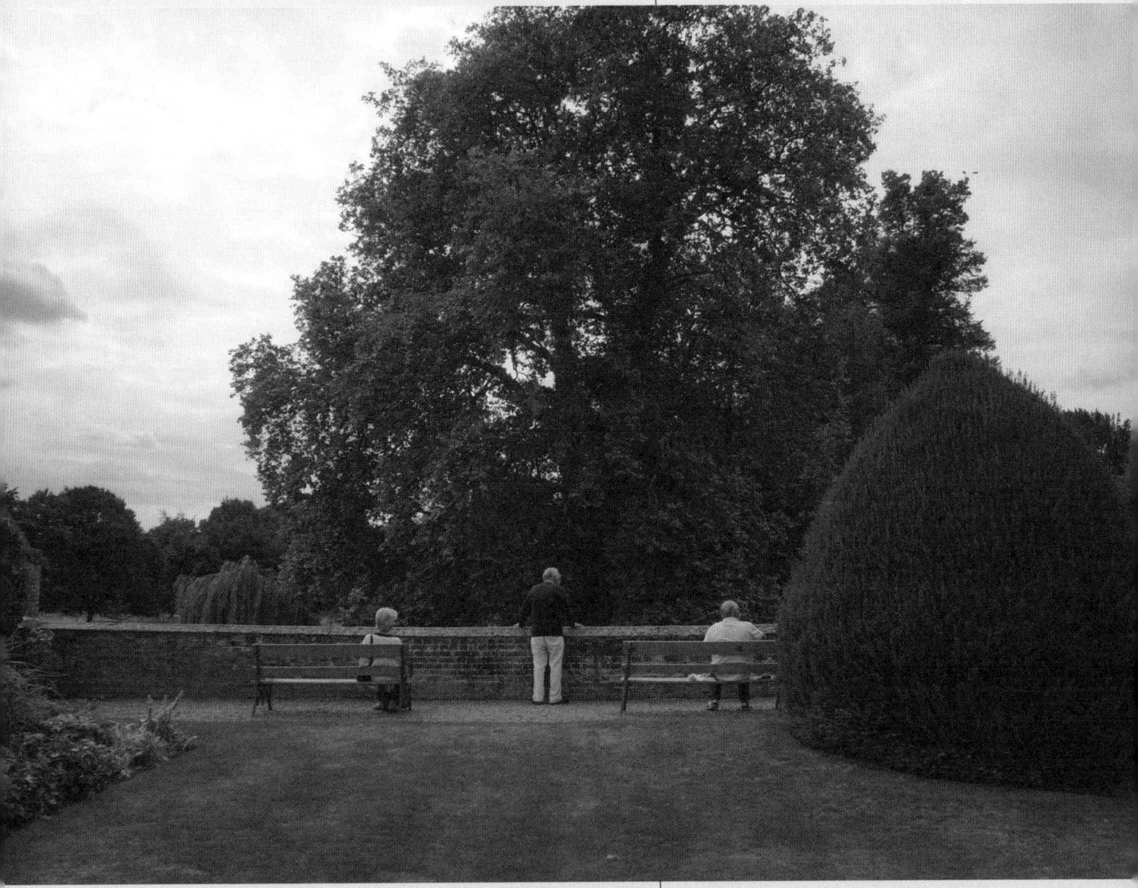

Daniel Craig 饰),诗歌成为两人相识相爱的桥梁。他们两人泛舟在康河上,西尔维娅朗诵英国诗人乔叟的诗歌,清冷却热情,走在这座桥上,是的,乔叟的诗歌多么惬意适合,是在此地可以大声朗诵的文辞,"生前和死后你都是我的女王;因为我的死会使你了解真相。你一双大眼睛能一下把所有杀掉;它们的美已使我无法再安详。我的心上被刺出剧痛的创伤"。

我站在桥上,看到这处风景,康河流过,还有对面这一块属于国王学院教学楼外的草坪,直接连接着康河,在《剑桥间谍》中,盖伊·伯吉斯和安东尼·布朗特坐在这片草坪上,享受英格兰的夏日阳光,其实并不温暖,但是四个年轻人内心升起的信念如此火热。我喜欢他们交谈的台词,盖伊·伯吉斯无疑是一个充满了争议的角色,他说,父母的死对于自己是一种解脱,让他得到了自由,"尤其是爱着你的父母"。安东尼·布朗特则是相当优雅和天生的Dandy[拥有品位,纨绔而风流潇洒的绅士做派。],现实生活中,真实的安东尼·布朗特是法语教授,艺术史专家,伊丽莎白女王的艺术顾问。电视剧中,安东尼·布朗特和女王坐在一起聊天,言谈举止和对白非常highbrow[文化修养颇高。]想一想,这"剑桥四子"真是天之骄子,能够畅游于英国内政外交之间,直接服务苏联,成为冷战时期,东西方间谍大战的一段秘闻。

写作的人不快乐,以西尔维娅为例,从她短暂的31年的生命来看,无时无刻不在和绝望、抑郁做斗争,我想,在剑桥的岁月,与特德·休斯的相逢和相爱,应该是她最为快乐的时光。剑桥的柔美和灵性,滋养她的创作,让她的创作热情高涨,而和诗人特德·休斯所形成的一种依赖关系则成为西尔维娅的一种精神负担。在电影中,我看到由格温妮丝·帕特洛扮演的女诗人经常处于精神崩溃的边缘,紧张,失落,品尝生活中的不可能协调的诸多情态。伦敦2月的寒冷,窗外飘落的大雪覆盖了整个城市,西尔维娅最后自杀,被护士和警察发现的时候,她自己是把头伸进了厨房烤箱,密闭在厨房,以煤气自尽——我读到这段描述,内心深寒,幸好当初看电影,电影没有展现西尔维娅自杀的死状,我相信诗人一直在和现实作战,甚至和自己的生命作战,西尔维娅毕竟没有走出自我抑郁的围城,不过英年早逝可能也是一种解脱。她阴郁的诗歌是自己生命最好的注解:"这个女人尽善尽美了,她的死,尸体带着圆满的微笑,一种希腊式的悲剧结局……我们来自远方,现在到站了"——《边缘》(西尔维娅·普拉斯)。

由此,我认为剑桥是诗情之所,连拜伦在死后都只有剑桥再度收留他的灵魂,以求永久的安息。当年,拜伦在剑桥的三一学院学习文学及历史,他风流倜傥,热衷于酒色。为了戏弄"不准养狗"的院规,他竟养了一头小熊而成为三一学院历史上最具反叛精神的一名学生。但是,惊世骇俗的一代诗圣却是身后飘零不堪回首。他死后朋友欲将他的一尊玉石雕像放进西敏寺教堂却遭拒绝,理由是此人生前有伤风化。最后又是三一学院念旧情,再次接纳了拜伦,并将其放在莱恩图书馆的最醒目处。我们站在康河边上,我和Vivian说到我们喜欢的很多文艺人士似乎都出自剑桥,比如英国女演员、编剧艾玛·汤普森,就是剑桥的、英国文学硕士。在这样的文学滋养和情操培养下,才有艾玛身上那种文艺气质,她在很多角色里给予我们千面的人生。剑桥少了一种牛津的剑拔弩张和浩然钢性,却多出了这样的文艺温婉与迂回流传,似乎是上帝的安排,有了牛津,就再有一个剑桥吧,诚如男人和女人的搭配,缺一不可。

我和Vivian走上剑桥的小山丘,看到下午过后,被阳光和晴天笼罩的一个剑桥,风起了,米字旗在飘逸,剑桥小镇的路途中,有拖着自行车回家的人,悠然自得,游客在此刻被彻底遗忘,千古幽名,四年前走过的教堂，我又经过了一次，内心起伏的悸动被四年以来的很多挣扎、渴求、抑郁、开怀、一丁点儿的成就感连接起来，我再望见那一处青铜耶稣雕塑，姿色未变。

看来，过去确实能在剑桥扎下根来，任凭你如何想遗忘，都是徒劳，定期会晤，暇时想念，其实是我过去四年以来常做的事。

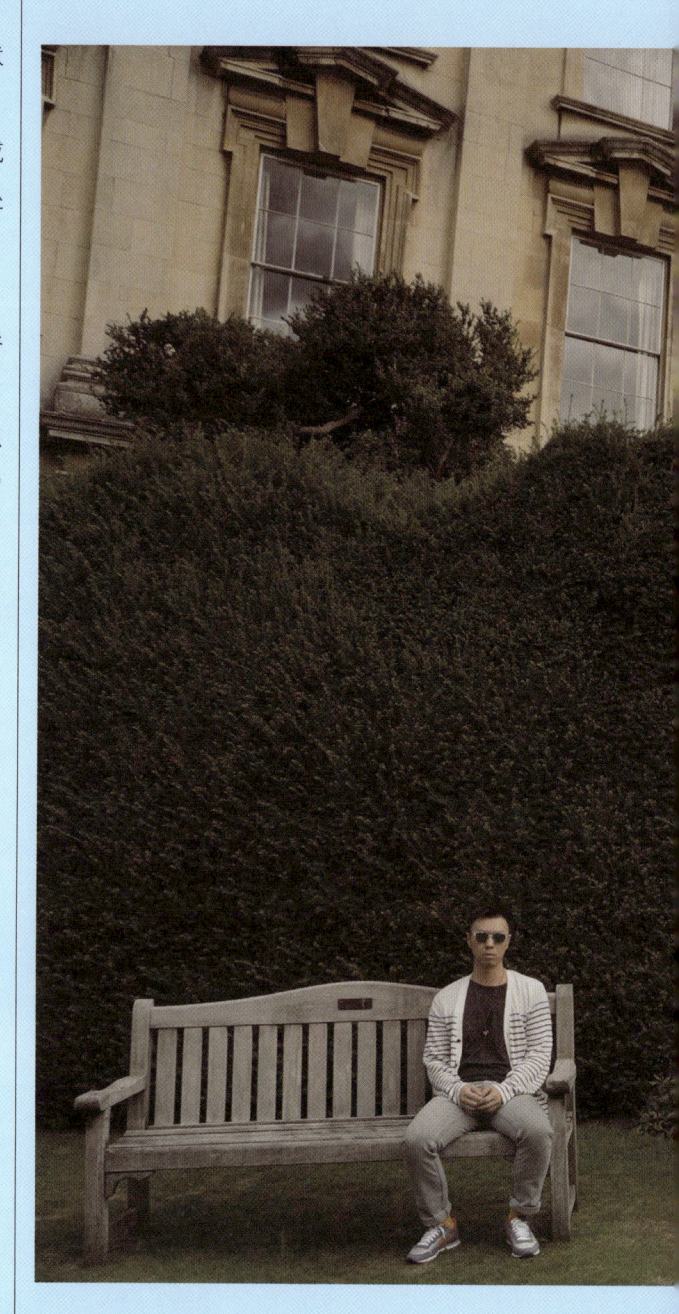

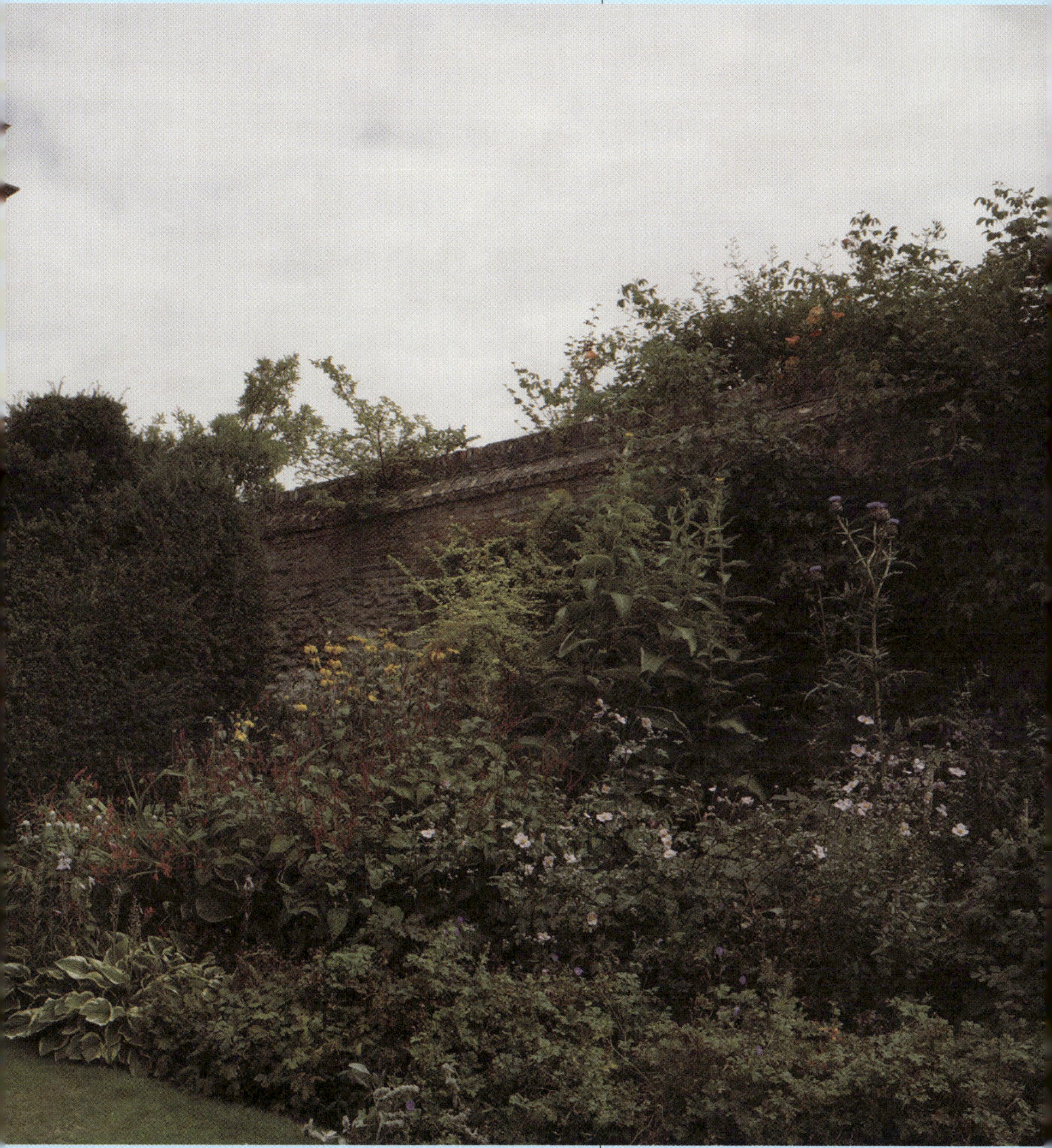

仿佛，
　　一　场
告别 Life Is A
　　 Bittersweet
　　 Safari

Chapter 9
唐顿庄园

《唐顿庄园》

《唐顿庄园》里有着英国衰落起伏的历史背景

旷野之外，旧时代的仪轨之旅

据说美国第一夫人米歇尔·奥巴马非常热爱英国电视剧《唐顿庄园》（Downton Abbey），制片人总是在播出新剧前一二日就从英国快递最新一集给奥巴马夫人观看。果然如我所料，女人会爱《唐顿庄园》多一些，不然奥巴马总统就不会一个人在另外一间房看美国电视剧《国土安全》（Homeland）了。如果拿一个词来形容这部《唐顿庄园》，我觉得是"荡气回肠"吧，英王乔治五世时代，贵族家族在历史和时代转折的当口，英国荣光的衰落和起伏，精致的生活仪轨，人物谱系之间的微妙浪漫都是这部英国电视剧非常吸引我的地方。当然美国人没有这段历史，也没有机会可以体味真正欧洲贵族的家庭风光，在电视剧里被复活的那种精致，旧时代人与人的交往和相处之道，让活在大洋彼岸的美国人太羡慕了，也让处于文化全然不同的亚洲观众看得异常入迷。

唐顿庄园 Downton Abbey

我非常喜欢从草坪远处,两株巨大松柏的石头路走近或者观看海克利尔城堡

但是《唐顿庄园》也不是每一个人都受用的，如果你不是喜爱英国文学和历史文化，如果你对于一种悲情、缓慢的忧伤或者凛冽的生活，被损害和一种善意表现麻木，对于生活并不充满敬畏，那请不要看《唐顿庄园》。这个时代，肤浅和低级趣味的文化垃圾品太多，你大可去消费那些和你志趣相通的东西。我和热爱《唐顿庄园》的朋友一样，喜欢那些起伏的情绪，随着电视剧开始的那段"唐顿"主调音乐，被串接起来的很多细碎的悲伤，似乎是生活里的一种恣意呈现，虽然可能这种悲伤被电视剧的戏剧成分过度渲染了，但似乎也是真实的内心，美好以一种假象掩盖了污秽和挣扎的生活层面，《唐顿庄园》让我们相信，美好其实始终是一次向往，或者是一次通往这种向往的路途而已，在路途上，你有幸拥有知己伴侣已足够，不要奢求生活可以赐予你太多。

当然，《唐顿庄园》所热衷的那种过去的精细以及生活仪轨是让我痴迷的：穿戴华美的晚餐是一种英国贵族生活的标志性事件，男女宾客分开聚拢于一室娱乐，谈话聊天亦是一种旧时代的规范，繁文缛节恰恰是我们这个时代已经不可能再体验的生活节奏，拿熨斗熨烫好一张报纸，用信纸鸿雁传书，跨越大洋洲际的旅程往往长达半个月之久，这让等待成为一次具有仪式化的行为。当然我们也喜欢《唐顿庄园》中那些对白，字字珠玑，满腹回旋，又不乏幽默，每一个角色都有着自我的特点，让整个围绕"唐顿"的世界变得如此鲜活和打动人心，使之迷醉。即便是在楼下的仆人圈内，我们也可以品尝那种坚韧的等待，爱情的初绽，以及诡计多端和阶层意识，以及一种不被时代变革所动的顽固做派和自我尊严的维护——这不得不被视为是一种英国昔日光辉的现代折射，扭捏不被轻易放弃的王族时代仪轨，却可以让现代人的生活和情操变得相形见绌。

一顿简单的「唐顿庄园」游客餐 在庄园里其实很好寻找到一份静谧

但是如果不是奥斯卡金像奖编剧朱利安·费罗斯（Julian Fellowes），一心眷恋这样的英国旧事和阶层与阶级分野，也不会有他接二连三编剧描写英国贵族庄园内主仆之间的故事了。2002年，让朱利安·费罗斯获得奥斯卡金像奖最佳原创剧本的电影是《高斯福庄园》（Gosford Park），这部戏就像是浓缩的，更加惊悚的"唐顿"电影版，只不过它的情节更加紧凑，关于偷情，爱恨，阴谋，谋杀的情节铺展得更加骇人，有着一股阴暗、潮湿又晦涩的调子。加之电影出自美国著名导演罗伯特·奥特曼（Robert Altman）之手，镜头语言就更加犀利，仿若是刀片锋利所形成的一种疼痛感，镜头快速切换和复杂人物关系的缠绕则是一种对于观众观影经验的极大考验。由海伦·米伦（Helen Mirren）扮演的复仇女仆给予我深刻印象，我认为她在这部戏中的表演胜过后来她在《女王》中的表现，晦涩，矛盾重重，隐忍，把所有痛苦全部隐藏，露出冷漠的面孔。当一切的真相被观众得知的时候，由海伦·米伦扮演的角色终于可以卸下冷酷无情的面孔，号啕大哭了，那一刻，高斯福庄园显得异常悲凉，人生则透露出更加叵测的一种轮回意境。这样的轮回与矛盾到了十年后，被朱利安·费罗斯写进《唐顿庄园》里依然是非常明晰和让人唏嘘的，海难开始，战争插曲，子女争产，婚丧嫁娶，对于大家庭的逃离，又回归，丧女，车祸，寡居，这一切都推动着《唐顿庄园》中的人事朝着更加悲悯的方向前进，虽然基于电视剧情节长度的考虑，编剧加入很多细节，不乏机智、幽默和善意，但是被《唐顿庄园》放大的，用于感染观众的大部分环节，至少让我觉察出创作者的那份忧悯情思，我觉得艺术家到底都怀抱着悲凉的底子，如张爱玲所言，"生命是一袭华美的袍，上面爬满了虱子"，华美绚丽，但是到底还是有一些差强人意，这样的差强人意往往就是最有戏剧性的存在，在我看来，由编剧朱利安·费罗斯三番两次写入自己剧本的这种差强人意，甚至阴谋诡计都太深寒，透露出巨大的哀伤。

　　在《高斯福庄园》和《唐顿庄园》里都有英国著名女演员玛吉·史密斯(Maggie Smith)，而我们更喜欢《唐顿庄园》里玛吉·史密斯扮演的老太太，出其不意给予我们一种狡黠、幽默的印象。和我一道前往《唐顿庄园》的拍摄地Highclere Castle（海克利尔城堡）的朋友Vivian则对于电视剧前三季中的"大表哥" Matthew(马修)那双深沉湛蓝的眼珠过目不忘。我觉得电视剧中Grantham伯爵（葛兰森伯爵）的美国夫人Cora（科拉）亦是相当可爱的角色，温柔善良又有一颗脆弱的心。当然在整个"唐顿庄园"，维持着英国贵族家族做派的不仅仅是老爷葛兰森伯爵，还有仆人管家Carson（卡森）……我就这样把《唐顿庄园》里的人物统统都回味了一遍，坐在从伦敦开往Newbury（纽贝利）镇的火车上，分外安宁，从伦敦的Paddington火车站一路出发朝着Highclere Castle所在地Newbury前进，中间还在离开伦敦不远的Reading城火车站换车，因为前往Newbury的乘客真的很少，阳光从车窗外洒进来，偶尔上车的老人带着孙子在我们的车厢后面逗乐开怀，似乎我们前往的地方又并非"唐顿庄园"了。火车抵达Newbury车站，出门只能使用出租车服务抵达"唐顿庄园"，从火车站抵达Highclere Castle车资大约16英镑左右，宽敞的出租车服务，女司机偶尔和我们闲聊，窗外就是英国郊外的绿地风情了，天空的云朵，还有一些牛羊，远离伦敦尘嚣，穿越的时光机，我们似乎就可以这样轻易回到"唐顿庄园"的年代了。因为《唐顿庄园》的热播，让Newbury渐次成为了影迷的旅行目的地，出租车生意也很好，女司机见到我们就问我们是否是《唐顿庄园》的粉丝，我们点头微笑，她一路开怀，并且说到我们大概是她第一次载过的中国粉丝。当出租车行过一处入门的桥，视野和地域豁然开朗，全是草坪，英格兰旷野的美，而电视剧中的"Downton Abbey"就眼睁睁出现在了我

↑ 海克利尔城堡的建筑风格是"Anglo-Italian."（盎格鲁-意大利的）

们面前，只是它的真名叫作Highclere Castle，此刻，我跳下出租车，情不自已，兴奋激动，竟然和剧中一模一样。

和那些被游客占据的英国著名风景名胜不同，海克利尔城堡拥有一种别样的尊贵和矜持，海克利尔城堡其实不是"城堡"，准确来说这是一座贵族豪宅庄园。若不是因为《唐顿庄园》的声名远播，这处属于Carnarvon伯爵家族[卡那封伯爵家族]的豪宅庄园也不能散发光彩，现在，这座开放的庄园因为游客纷至沓来，门票和餐饮费用可以维持海克利尔城堡的正常维护和运作。我在从香港飞往伦敦的航班上，正好看到一部纪录片，描述了现今这座庄园的主人：第八代卡那封伯爵：乔治·赫伯特(George Herbert, 8th Earl of Carnarvon)和伯爵夫人的生活以及海克利尔城堡的历史和《唐顿庄园》拍摄的幕后故事。纪录片中的乔治·赫伯特伯爵和伯爵夫人有时候会回到这里，打理家族历史，他们允许《唐顿庄园》剧组部分使用庄园的房间进行拍摄，使得祖先的家业成为一种展示英国传统文化和英格兰贵族荣耀的地方。今日，我和朋友走入这片广袤的庄园，草坪覆盖方圆千里，让人想象，当年贵族子弟们在此狩猎，举行舞会的奢华场面。就连现任女王伊丽莎白二世和查尔斯王子都曾经来到海克利尔城堡享受惬意舒适与奢侈的时光，难怪《唐顿庄园》要选择此地拍摄，在庄园的草坪、花园和古典建筑之间，散发出的尊贵和优雅让人迷醉。

我先踱步在这幢灰黄色的建筑外面，建筑连接草坪，远眺远山，视野极其好，甚是享受。从近处和稍微远一点的方位看这处别墅也是有着不同的感觉。比如你从进门的地方，一步一步走进它，觉得气宇轩昂，独享尊容，而我非常喜欢从草坪远处，两株巨大松柏的石头路走近或者观看海克利尔城堡，大概因为我记得《唐顿庄园》片头，Grantham伯爵带着他的爱犬就是从这个角度走向Castle的，从这个角度拍摄的Castle非常美，静止凝固，仿若是上一个时代的气质被刻意挽留了下来，惹得后来观众的赞叹。其实，这处豪宅的历史可以追溯到18世纪晚期和19世纪初期，海克利尔城堡的主体部分被修建，不过一直到了1838年，第三代Carnarvon伯爵请来Sir Charles Barry（查尔斯·巴雷爵士）才把这处建筑打造成了恢宏的大型住宅建筑。在此之前，查尔斯·巴雷完成了伦敦韦斯敏斯特国会大厦的设计和重建。查尔斯·巴雷在自己的建筑设计风格上受到意大利文艺复兴美学影响，但是他对于海克利尔城堡改建却是复兴了一种16、17世纪英国维多利亚建筑风格，他自己坦言，海克利尔城堡的建筑风格是"Anglo-Italian"（盎格鲁-意大利的）。不过建筑学家将海克利尔城堡的整体风格定义为"Jacobethan"：哥特感觉占据主导位置，但是整体灵感又来自于1550年到1625年间的英国建筑风格，在美学上可以被理解为一种英式的文艺复兴风格。

在此之后，经过不断的维修和扩大，包括修葺房屋周围的景观，草坪，完成室内的装置，真正形成我们看到的如今的海克利尔城堡的规模和风格则是在1878年。

按照家族历史的记载，《唐顿庄园》中，Grantham伯爵把庄园用于收治一战的英军伤员其实确有其事。而且电视剧中的三小姐成为一名医疗护士，照顾受伤的病员的情节来自海克利尔城堡第五代Carnarvon伯爵夫人Almina的真实善举，当年这位伯爵夫人把海克利尔城堡改为一处医院，收治一战中受伤的英国士兵，而这位传奇的伯爵夫人亦成为一位技艺高超的医疗护士，成就了一段美谈。编剧朱利安·费罗斯大约受到启发，把这种善举写进电视剧，让我们瞥见苦难战争中可以被赞颂的美德，亦是让我们非常动容，包括《唐顿庄园》中的很多善良人性光环，温润人心，这样的电视剧总是让我们可以走进内心和灵魂，去拷问自我的德行，去思索人生高低起伏中的那些灵性光

159

点，暂时舒缓现实污浊周遭的可憎一面，这是我热爱《唐顿庄园》的原因吧。

所以才会爱屋及乌，我喜欢《唐顿庄园》，进而喜欢海克利尔城堡。我们散步在庄园的花园中，看到英国花园里隐藏着的各种欢畅和安静，举家出游的英国人，在花园里聊到剧中人物，心疼怜悯之情油然而生。一位英国老太太特别热爱电视剧中的伯爵夫人Cora，是啊，她们就如这花园中的鲜花，绽放曼妙，也自承受风雨，飘零之处，映照出一段人生轨迹。不久，我从花园中走入一派茂盛的草丛中，斜坡高度可以仰望远处的大宅，风起，海克利尔城堡高处的旗帜飘扬，站在这里一直往山坡上走，风光旖旎。我和朋友分别站在这里，以大宅为背景拍照，相当舒畅。之后，我们走回房屋外的开阔草坪，遇到一群英国老太太正在开香槟，原来是要给其中一位朋友庆祝生日，大家齐声说出"生日快乐"，打开便当盒，饮下香槟，并传来愉悦的幸福笑声。在"唐顿庄园"度过一个生日，也是一桩可供回忆的美好往事了。

午间时分，我们来到大宅子背后的餐厅，砖砌的房子内，享用了简单的"唐顿庄园"午餐，不过是烘制的鸡胸肉配蔬菜、土豆。我特意要了今天刚刚做好的巧克力咖啡蛋糕——因为数量有限，卖完为止，所以买到一块，觉得幸运无比。上到餐厅楼上用餐，墙上悬挂《唐顿庄园》的拍摄剧照，瞬间安抚了一颗影迷无比激动的内心。很多老年人来此参观，偶尔也有外国游客，使得整个"唐顿庄园"可以安然自处，不会有太多干扰。

午饭过后，就可以正式进入海克利尔城堡内参观了，由于房间内不能拍照，我索性就安心参观，走进每一间开放的房间，看看雍容华贵的"皇亲国戚"。原来这一代的伯爵，儿童时代就是和戴安娜王妃的孩子一道度过，而第八代伯爵的婚礼，出席嘉宾亦有戴安娜王妃，可见这一

↑ Jackdaw's Castle（杰克朵神庙）非常优美

家族的显赫和贵族气派。我喜欢房屋里的图书馆，让我想到《唐顿庄园》剧中大家聚在一起讨论家事或者八卦的地方，Grantham伯爵在这里写书信，他的爱犬站在身旁。我们还可以见到管家卡森的严肃认真、一丝不苟，这些细节都在参观海克利尔城堡屋内的时候被记起。屋内的沙发、家具和墙上的名画无一不在诉说这个贵族家庭的荣耀和地位。我上到二楼，能观瞻剧中部分主角的闺房。夫人Cora的房间温婉多情，二小姐的房间有着最佳的视野，从窗户看出去能看到对面的Jackdaw's Castle（杰克朵神庙）。难怪剧中的二小姐喜欢跑到Jackdaw's Castle去发呆，独自饮泣。我喜欢二小姐，我认为命运对她最不公平，但是她亦是真性情的女子，她是英格兰社会开始变革的一个标志角色，生活在上流社会中，却愿意去尝试和争取自己的所爱——现实中，不是每一个人都可以做到并且如愿所得的。因此在那日，我特别走到Jackdaw's Castle，从这里再观望海克利尔城堡，建筑之间互相映衬，体现了一种遐想之美。而Jackdaw's Castle小巧精致，外观古典，类似于希腊雅典的那些神庙，所以我在这里把Jackdaw's Castle翻译成了神庙。此刻，Jackdaw's Castle内是一种空荡，隐藏了很多不可告人的秘密一般，石柱间掩映的海克利尔城堡在远处，我分明读到了二小姐在剧中所面对的，需要跨越的距离，这段距离就像Jackdaw's Castle和海克利尔城堡之间的距离，隔了整整的一片东草坪。

如果你还是考古爱好者，海克利尔城堡地下还有一个古埃及陈列展览。20世纪初，第五代Carnarvon伯爵与他的考古伙伴Howard Carter（霍华德·卡特尔）在埃及墓穴进行考古，挖掘了大量珍贵的古埃及文化遗产，这些100年前被运回英国的古埃及文物，包括纯金狮身人面像，以及木乃伊，还有墓葬中的珍品，都被保存在海克利尔城堡的地下室，而穿越千年的古埃及文物则一直是一道魔咒，在海

→ 和我一道探访海克利尔城堡的朋友Vivian也被这满坡郊野与远处的城堡美色吸引

克利尔城堡地下室演绎出一些让人吃惊而后怕的故事。如今海克利尔城堡的拥有者,第八代Carnarvon伯爵和政府合作展示先辈的考古成就也算是一种告慰的方式,亦让我们见识了这个家族的辉煌历史。

参观完海克利尔城堡的室内房间和古埃及展览,回到草坪,看英国乡村外的白云和蓝天。你也可以走到仆人们从前使用的厨房,可以在此体验一下"唐顿庄园"式的下午茶。时光荏苒,当时使唤仆人的铃铛木板已经落满了灰尘,孤单地述说着类似编剧朱利安·费罗斯热衷的"楼上楼下"的主仆故事。而对于我来讲,这一程"唐顿庄园"的旅行就此告一段落,但是故事似乎还可以进行下去,因为我们的人生并非就此凝结在了老宅之外。

仿佛,一场告别

Life Is A
Bittersweet
Safari

Chapter 10
意大利

意大利

Italy

电影
《战国妖姬》,《白夜》,《偷自行车的人》和《我的意大利之旅》

意大利新现实主义成就了一批伟大的意大利电影导演,他们的影片是我的意大利旅行灵感

"旅行，是因为我必须得离开了"

在美国导演马丁·斯科塞斯（Martin Scorsese）亲自讲述的纪录片《我的意大利之旅》（My Voyage to Italy）中，这位意大利裔导演讲述了从意大利新现实主义运动开始到20世纪50年代末，对自己的创作、人生产生过巨大影响的意大利导演和其作品。这部接近四个小时的纪录片，更像是一个伟大导演向那些他的精神领袖和文化根源致敬的作品，或者可以认为是马丁·斯科塞斯写给那些先辈的自我告白，是一个谦卑的学生或者后人在前辈墓前讲述的细微感动——我觉得伟大的导演都是站在巨人的肩上的。那些细水长流又浓墨重彩的讲述，以及孜孜不倦被重新播放和引用的经典意大利电影片断，让我重拾以前在大学学习电影的时光。马丁·斯科塞斯挑选出这些影像资料，如当年我们在"影片读解"课中体味到的震撼、心动以及无尽喟叹，马丁·斯科塞斯为观众读解这些影像中所包含的意向，展示意大利电影里的永恒镜头语言、诗意以及人性光芒始终让我激动不已。因为那些唯美的黑白印记亦是我的宝贵回忆，在很多时候，想起这些画面，我依然能回到这些我不可能存活的年代。我依赖画面，演员的神态、服装，甚至是以一种执拗的、被放大和扭曲的、超现实主义的表达方式而自动获取。

重看意大利新现实主义的代表作：《偷自行车的人》（Ladri di Biciclette），导演维托里奥·德·西卡（Vittorio De Sica）塑造的那种泛人类的苦难并没有因为时间的推移和时代的改变而被淡忘。苦难总是会出现，这些真正热爱电影的人，把苦难放大，人生显得异常不易，快乐被反衬为一种奢侈。在《偷自行车的人》里，打动我的画面是父亲里奇扇了儿子布鲁诺一记耳光，不允许布鲁诺去吃救济餐，儿子委屈不已，哭喊欲离开父亲。父子两人周旋在罗马的街道口，里奇还是说服了儿子，两人又重归于好。当我看到儿子布鲁诺泛起的泪光，以及父亲为了维持尊严的严苛和窘迫，我觉得导演维托里奥真真懂得这份人世间的情怀，又明白悲悯的意义何在。意大利新现实主义从这个角度来讲，是真情实感，是电影世界中最朴实的一种情怀。那个时代的意大利，罗马，被摧毁的城市，生活不过是在废墟里重新建设出来一份衣食知足而已，只要是走出罗马，意大利的乡村几乎全被炸弹粉碎，留下艰难岁月里顽强乐观的一种意大利情怀。这种人本关怀在另一位意大利导演罗伯托·罗西里尼（Roberto Rossellini）的电影《罗马，不设防的城市》（Roma, città aperta）中被用最简单平和的方式描述了。这部现实和诗意并重的电影，不知道是不是因为如此朴实，让我觉得罗西里尼的电影在过滤掉电影幻想后，记录下的那种战后意大利的贫瘠、困苦，以及意大利人的挣扎显得特别富有诗意，这种诗意在我看来也只能存在于意大利新现实主义时代，但是对于曾经参与过这场运动的意大利电影人来说，他们似乎都在述说一种诗意，无论是后来的费里尼、安东尼奥尼，甚至是帕索里尼、贝尔托鲁奇，诗意和理想存在于这些大师的影片中，铸造出了关于意大利电影不同时代的经典。

在马丁·斯科塞斯的纪录片《我的意大利之旅》中，被引用的罗西里尼的好几部电影都充满了一些悖论，但是剪辑和人物表现又如此之好，意大利的海水、山峦，甚至火山、被挖掘的古迹都成为了一种电影中的符号，按照"符号学"的观点来看，它们共同组合形成了一种"所指"强大的文化景观：意大利式的情感，电影人物和意大利自然空间的关系往往是互相补充又相互影响的，远古意大利文明，被挖掘的过去和现实之间无法弥合的落差，现实人物的恐惧和失落感——这些带有诗意，或者是非常形而上的命题在罗西里尼的好几部电影里被描述过，20世纪50年代，他似乎从40年代朴实和简单的新现实主义风格中离开了。他和瑞典女明星英格丽·褒曼的恋情被当时的好莱坞唾弃，二人结婚又离婚期间合作的影片呈现了一个更加复杂的人性层面，从《火山边缘之恋》（Stromboli）开始，到《1951年的欧洲》（Europa '51），再到《我的意大利之旅》（Viaggio in Italia），罗西里尼让自己的爱人英格丽·褒曼扮演的角色大都是一个与自己作战的非常痛苦的角色。在《火山边缘之恋》里，罗西里尼所拍摄的意大利的海岛、蓝天，以及火山自然景观，带有相当摄人心魄的魅力，意大利男性在罗西里尼的电影中都具有一种原始和本真的意思，带有典型的拉丁血统，刚健与瘦削是罗西里尼里的意大利男主角们的外观特色。不同于其他几位意大利电影大师，从《罗马，不设防的城市》开始，罗西里尼的男主角们都是非常接地气（意大利男主人公），没有过于做作和粉饰的外貌，他们更接近于一般人。

《火山边缘之恋》中，存在于意大利荒岛自然空间中的人物被聚焦，说着英语的英格丽·褒曼始终是一个"外来人"，与这一方意大利的人文山水无法交融。火山爆发形成的迷雾与火山灰烘托出的一种诗意，让观众感叹人生并不能完整。这部带有浓重戏剧色彩的电影依然被电影史家评论为带有典型的"意大利新现实主义"风格的作品，在我看来源于罗西里尼对于意大利的热爱，不然不会有那些海岛人生的真实记录——类似于人类学的镜头记

意大利 ——了了又了了

罗马街角都有各式教堂

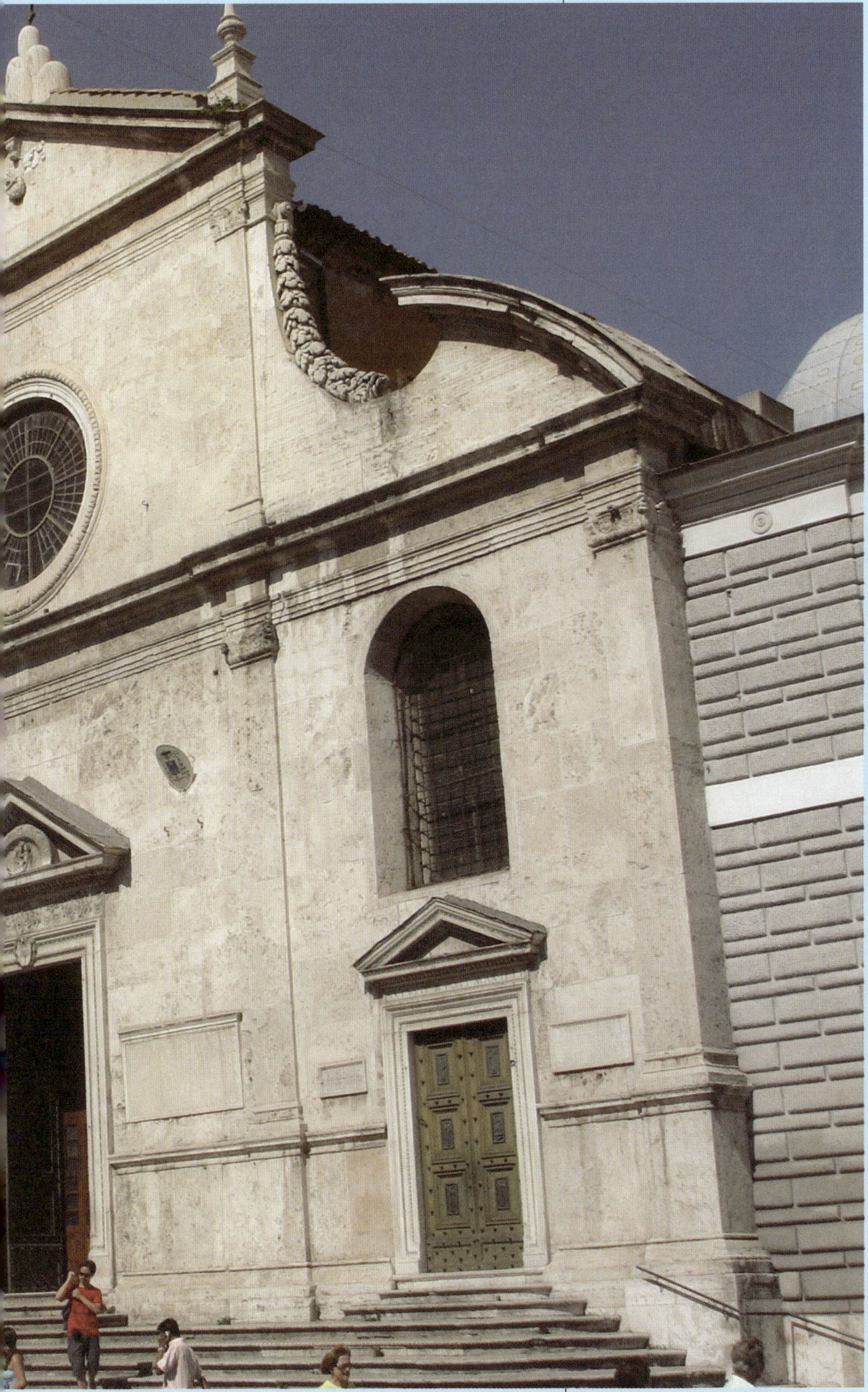

意大利

录,还原了意大利荒岛渔夫们的生活景观。至于后来的《我的意大利之旅》,罗西里尼塑造了一对英国夫妻,他们来到意大利,旅行并未增进彼此的感情,而是让自己看到了更加不堪一击的内心层面,意大利古老的文明在电影中产生穿越的力量,结合二战中的惨痛历史,意大利变得更加不可捉摸。意大利变得似乎有一些尖利,不被调和的现代文化,甚至是让人觉得后怕的。那些被罗西里尼用来表意的博物馆里的雕塑、绘画、遗址有着狰狞的面孔,一看就是意大利远古文明的呈现,它们是旧物,和剧中人物纠葛缠绕,但是正是这些旧物让濒临离婚的两人又自动修复了爱情。罗西里尼并没有在电影中为我们呈现一种非常起伏的故事情节——相反,罗西里尼依然秉承了意大利新现实主义的美学风格,夫妻俩的细节展示,累积起来的叙事力量,不依赖明显的故事性完成电影的讲述,那些意大利的风光,古代遗迹似乎是更加内心化的探索。这倒是让我想起了后来在电影诗意上表现更为突出的安东尼奥尼,电影中那些细节和生活中的忧伤可能真正是推动故事前行的隐藏力量。

《我的意大利之旅》在商业上非常失败,事实上从英格丽·褒曼当年抛弃了丈夫、孩子和整个好莱坞的浮华,写信要与罗西里尼合作开始,两个电影灵魂的相遇和创作就是一次传奇,却从未在商业上取得成功。罗西里尼对于英格丽·褒曼的再造充满了哲学意味,意大利电影由此也成为一种独立于其他电影文化(尤其是好莱坞电影文化)的一种珍品。罗西里尼说:"我的电影并非是去适应英格丽·褒曼,而是让英格丽·褒曼更加适应我的电影和角色。"当年,我并没有时间和知识,以及丰沛的内心储备去完整消化罗西里尼,经过了十多年后,再来看罗西里尼,对于我来讲却再合适不过。我记得,当年我在游览了罗马、威尼斯之后,曾经写到意大利的那些宏伟、文艺复兴的奇观,费里尼也好,安东尼奥尼也好,黑白影片中的罗马被我反复回忆,

并在城市行走间被一一印证。但是罗西里尼则更加直接一些,意大利的伤痛和人生之伤痛似乎完成了对接,意大利新现实主义从美学要旨上来谈虽然是那么直观和带有纪录片性质的,因为罗西里尼,却是让我后知后觉,看到一些残破和隐藏在自然地理、断壁颓垣外的内心,内心——诚如英格丽·褒曼在罗西里尼的电影中扮演的角色一样,始终显得格格不入,始终觉得自己其实是被当下和现实抛弃了而已……

但是在整个的意大利新现实主义时代,卢奇诺·维斯康蒂(Luchino Visconti)也被归为这样一个时代的意大利伟大导演,但是这位出身贵族世家的艺术家却以一种非常风格化和戏剧化的方式去表现故事和人物。从表面的艺术风格来看,这样的导演绝非是"新现实主义"的,他电影中的贵族化倾向,唯美和非常规的故事,以及从19世纪的文学作品中寻找的灵感看起来都和罗西里尼那种赤裸

英格丽·褒曼在电影《我的意大利之旅》中

→ 散步在威尼斯

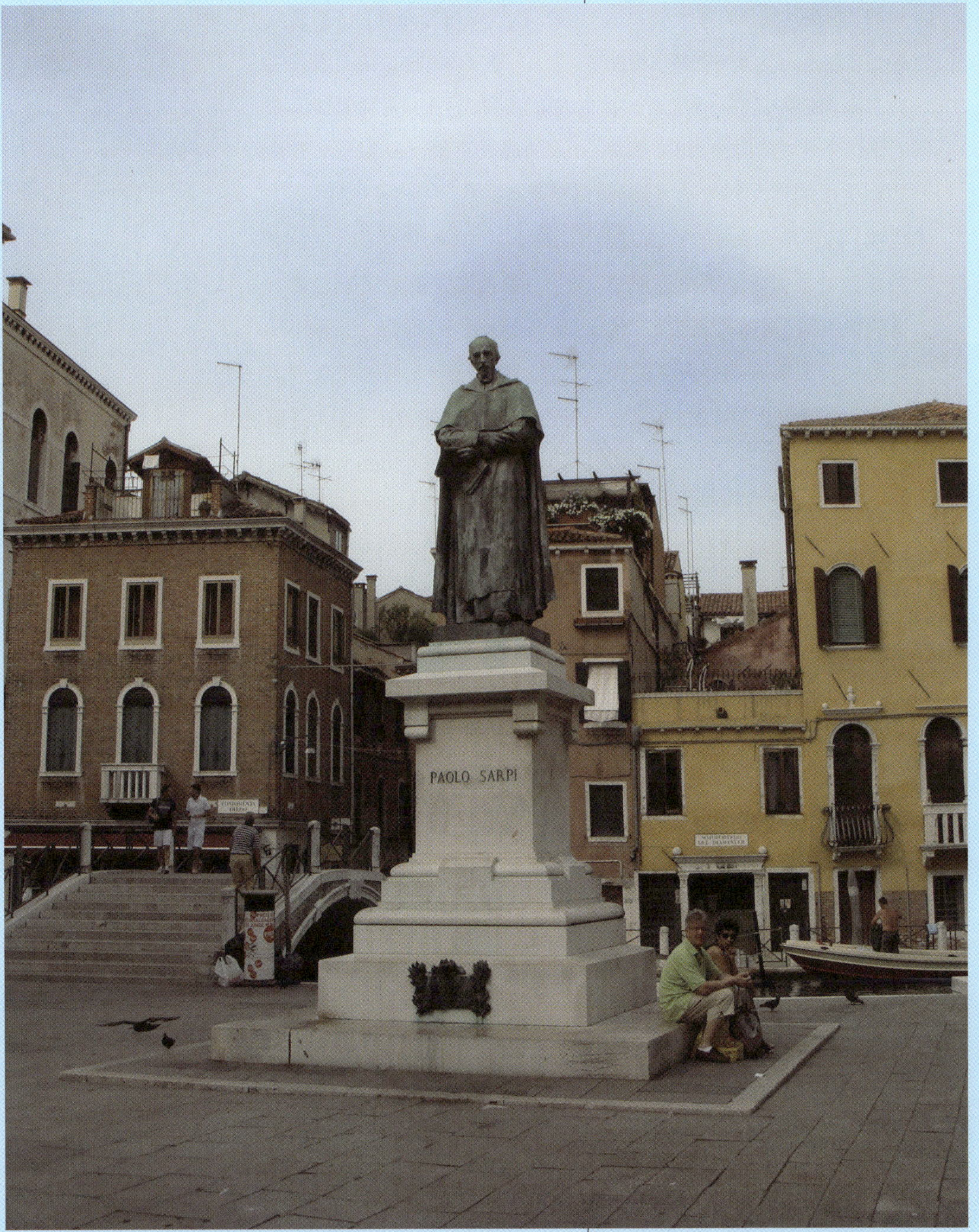
PAOLO SARPI

裸的"颓唐落败"的意大利大相径庭。但是无论是《白夜》中的威尼斯，还是《魂断威尼斯》中对于这个水城的描述，维斯康蒂的镜头里的意大利依然是满目疮痍，甚至是充满了"冤魂"般的颓败性质。威尼斯在维斯康蒂的镜头里，显得相当破败，他无意去表现水城婀娜多姿的美态，即便是波光泛起的水灵夜晚，威尼斯也是忧伤和孤独的，如同艺术家的内心一般，充满孤寂。维斯康蒂用最直白的镜头语言展示了威尼斯这座城市，特别是在战后的那种印记，和罗西里尼所描绘的罗马一样，都打上了战后意大利千疮百孔的面貌。在这样一个时代背景中，无论是罗西里尼，还是维斯康蒂，他们各自影像中的人物似乎都有着非常绝望的挣扎意味，都在拼命寻找，寻找爱情、寄托、金钱、饭碗，甚至是寻找一种形而上的孤独——维斯康蒂何尝不是如此呢？他那些从19世纪俄罗斯文学作品中找来的故事，被穿上了意大利的外衣，可能就是一种逃避现实的尝试，从这一点上来看，我觉得维斯康蒂的"新现实主义"是文学性的，带有表现主义的意思，这倒是和维斯康蒂个人的成长背景以及对于文艺的追索有关系。

维斯康蒂的父亲是公爵，母亲是大企业家的女儿，从小受贵族教育，青年时代热爱戏剧。1936年维斯康蒂曾在法国为导演让·雷诺阿（Jean-Renoir）担任助理，我认为雷诺阿的风格，尤其是在影像的绘画感上应该给予维斯康蒂很多启发，使得他有的作品，无论是怎样表达现实、崩溃、和幻灭的主题，电影画面却一直优美无比，有着法国印象派的痕迹，尤其是对于自然光线的捕捉，让人反复回味。像许多欧洲的没落贵族一样，维斯康蒂一方面信奉共产主义，另一方面过着贵族般的奢华生活，并将这种矛盾渗透到文艺作品中。和以后的意大利电影大师费里尼、安东尼奥尼不同，维斯康蒂虽然是一位出生于意大利的电影导演，我认为他的很多作品却展示了很多非意大利性的美学特质。维斯康蒂对于德国的文学、哲学、小说和音乐如此熟悉热爱，这让他此后导演了所谓的"德意志三部曲"：《被诅咒的人》、《魂归威尼斯》和《路德维希》。而诸如《白夜》这样的作品又是脱胎于俄罗斯文学作品，《罗科和他的兄弟们》不得不让我们想到俄罗斯文学家陀思妥耶夫斯基的《白痴》。在另外一部以威尼斯为拍摄地点的电影《战国妖姬》（Senso）中，维斯康蒂显然是非常懂得19世纪的贵族场景和生活起居的，他的描述仿佛远离了现实的意大利，却极力勾勒出一种浮华的悲伤，他仔细复原的关于19世纪的那种感觉依赖的是时代的气氛、人物的对白，甚至是威尼斯的古旧和肮脏、夜晚在威尼斯水巷边的散步、被风吹动的窗帘，所有的细节都是非常维斯康蒂式的，他不依赖逼真的服装道具来复原过去，在维斯康蒂看来，那种被摧毁的、类似于存在主义的虚无感才是推动故事前进的动力。也正是这样一些细节烘托出逐渐势微的没落贵族景象，成全了维斯康蒂的悲剧和一如既往的崩溃主题。在《战国妖姬》里，维斯康蒂所描绘的爱情，跨越了爱国和叛国的界限，充满了浪漫和无结果的悲剧意义，而男女主角散步的威尼斯却委实是一个逼真的城市。

后来，我游历了威尼斯，看到无数伟大的意大利教堂、古迹以及无以计数的宏伟，我乘船从丽都岛回到威尼斯主城，那一汪泛起浪花的海，7月的威尼斯闷热无比，丽都岛上的海滩上有肉体袒露的欧洲景观，我吃了一口又一口的冰激凌，感觉甜蜜无比，当时当日是全然不会想起罗西里尼或者是维斯康蒂的。当船一点一点从丽都岛接近威尼斯的圣马可广场，我望着海边的白色的拯救圣母教堂（Santa Maria della Salute），神圣光环下的一种肃穆，白色巴洛克风格的繁华与盛大，像是绽放在威尼斯入海口一端的一朵奇葩。1630年，一场瘟疫横扫威尼斯，这座城市死后复生，1631年，为了纪念和铭记这段坚韧和悲痛的历史，这座拯救圣母教堂在海上修筑。船

意大利

威尼斯丽都岛的海滩

在海中荡漾，意大利船员操着意大利语，他们的脸上有常年因日照而形成的一种苍老，这种皮肤褶皱，就是罗西里尼的电影中被记录下来的意大利人的那份坚韧和执着，以及历经苦难后的一种焦灼面貌。这处教堂，因为附着了太多和欧洲"黑死病"相关的意象，则又显露出如维斯康蒂在他那几部以威尼斯为背景拍摄的影片中所荡涤出的抑郁悲凉。

我记忆深刻，有一个夜晚，我在威尼斯的河道边散步，河水泛出的微光投射在威尼斯斑驳的老房子墙边，映照出人影三四。四下安静，有猫蹿了出来，打情骂俏的情侣传来一些戏谑的声响，但是又在空静的巷子里被一份孤单稀释了。我自沉醉在这份自满的游走中，惊叹威尼斯如水一般的柔情。维斯康蒂的《战国妖姬》里也有这样的夜晚：意大

利伯爵夫人Serpieri（瑟琵尔丽），不顾一切爱上了俊美而乖戾的奥地利军官Franz Mahler（弗兰兹），两人于夜晚散步在威尼斯的桥边，民族矛盾坚挺的时刻，被意大利人杀掉的奥地利士兵尸体出现在威尼斯的河边，却也没有影响到两人的热恋兴致，家国民族大义都被这两个人抛在脑后，威尼斯泛出寒光，预示了一种悲剧收尾，被诅咒了的爱情，在时代战争的转折点，必然历经巨大痛苦。由维斯康蒂一手描述的这份执拗在威尼斯被威尼斯的老建筑和一汪河水揉碎，再聚合，再形成强大的意念支撑，向前推动。

我个人很喜欢维斯康蒂的《白夜》(Le notti bianche)，可能因为我喜欢"白夜"这个词。很多年前，我生长的城市开出一家"白夜"酒吧，诗性与探索聚合的文艺领地，曾经是我和我的朋友在青春时代的一种记忆。而维斯康蒂的《白夜》是在我30岁阶段才看到的影片，缓慢节奏中酝酿的对白和情爱追逐显示出一丝挽留的喟叹。电影男主角是费里尼的御用男演员马尔切洛·马斯楚安尼（Marcello Mastroianni）。维斯康蒂在描述男主角马里奥的日常生活时，显示了鲜有的幽默做派。这部改编自陀思妥耶夫斯基的作品，把鸿篇巨制变作爱情小品。黑白影调中，电影以夜晚的威尼斯河边城景开始，三场夜戏，一段回忆，拿捏得恰到好处。那些男主角马里奥与女主角娜塔莉亚一见钟情的威尼斯场景似乎都是美好的陪衬，虽然相当残破，亦是未被修整的模样，但透露真实，亦回应男女主角荒芜等待的内心世界。威尼斯在维斯康蒂的镜头下面呈现出一种拒绝被修复的姿态，是非常自我的。夜晚忽然来了一场雨，男女主角在威尼斯的教堂外避雨，被淋湿的黑色风衣，清晨依然透露着水汽。威尼斯夜晚的黑，路灯投射下来的微弱光线，捶打着一样微凉的内心，偶尔混迹在街头的意大利不良男人，汽车开过留下的声音，娜塔莉亚和马里奥在一处废墟上继续讲述着彼此的过往，这一切在维斯康蒂的描绘下显得非常具有诗意。

我在威尼斯也有感受到那种微凉的时刻，那是我要离开威尼斯的那个夜晚，在威尼斯火车站外一直等待的时刻，看圣卢西亚火车站外的河水泛出的微光，火车站外的小广场有旅人进进出出，我焦躁不安，为了等待一班前往罗马的火车，其实那一班火车的终点站是拿坡里（Napoli）——倒是我倾心想去的意大利城市。我在圣卢西亚火车站外踱步，坐下来，望着河水发呆，当晚，火车站对面的圣卢西亚女神依稀可见。旅程就是这样来来去去，又孤身等待的，伴随着意兴阑珊，或者沮丧无聊的时光，偶尔的清新、迷茫、兴奋、怨愤都写在自己的旅行日志中了。到了四年后，我看到了维斯康蒂的《白夜》，那种非常矛盾的感情又因为威尼斯而集中爆发了。我记得《白夜》里的舞场欢愉，那一场跳舞的戏真是欢畅的。男女主角都似乎卸下心中防备，准备迎接姻缘爱情，此刻，你再看到电影中的威尼斯一派死寂和落败，衣食并非丰富，你感叹，生活如此之糟糕，心里荡漾的爱情和希望却如此强盛，生活真是如此捉弄人并且充满矛盾。年轻人在酒吧里，在美国流行乐中疯狂跳舞。20世纪50年代末的生活节奏，女性的优雅和美丽在战后慢慢以一种不争不抢的方式展开。就此一场戏，我觉得维斯康蒂确实是一位唯美的诗人导演。仔细看这场圆舞般的戏，黑衣阔裙起舞的女子，被男子鼓噪着成为焦点，这一身造型是不是迪奥（Dior）2013年春夏女装的其中一个造型呢？我不知道现任迪奥设计师拉夫·西蒙（Raf Simons）是否早就谙熟了这种优雅，真正的时装大师，应该是站在文化和历史的肩头，让我们在一些生命的转角处有一种相遇的美好感觉？所以，我们热爱的很多东西，都有着固执的相通性，在不同的文化媒介上被反复展现，被以不同的艺术形式体现，我们则能心领神会，自动接受到这份"通关密语"。此刻，夜照亮了夜，内心如白昼一样吐露唯一的温暖。

毫无疑问，《白夜》的收场是男主角马里奥的失恋和失望，独自吞下孤独为终，冬日的威尼斯终于下了大雪，维斯康蒂的50年代充满了哀叹的调子，其实到了60、70年代也未尝有所改变。是否这样的宿命也是一种旅人的宿命呢？永远的逃离和出走，不满足和自我文化周遭的相处，维斯康蒂让我看到我内心的这种宿命，我能理解他在外来文化中寻找出路的艺术冲动。其实似乎所有的艺术家都是这样的？

回到马丁·斯科塞斯的纪录片《我的意大利之旅》，他在为我们讲述让他产生巨大共鸣的费里尼在1953年拍摄的电影《浪荡儿》（I vitelloni）时，坦言当年第一次看到电影中游手好闲、

无所事事的五个年轻人，他想到了自己无聊的青春岁月，想到了离开纽约去看世界的冲动，他感到生命中的那种boredom（百无聊赖）和sadness（悲伤），敏锐的艺术家都似乎在青春年少时经历过同样的阵痛，渴望离开，渴望远离。像影片中的角色波拉多说的，"在这个小镇永远都不会有出息，它的夜晚是那样的黑暗，冬天是那样的冷。一个艺术家如何能满足他的精神？他如何能生活在安静之中？时间过去了，某天早上他醒来——昨天你是个小孩子，现在你已经不再年轻了——那一切都结束了，两个月

↑
威尼斯依然透露着一种时间浸润的凋敝

→
意大利的灿烂文明拥有一种诱惑的魅力

后我会去米兰、热那亚，去任何地方……"

在这部类似于费里尼自我青春描述的《浪荡儿》里，费里尼把自己打散成了五个人，但在故事的结尾，在马丁·斯科塞斯看来是异常启发人心：主角之一的摩拉德坐上离去的列车，有个小铁道工跑了过来，他问摩拉德："你真的要离开吗？你不喜欢这里了吗？"——"我只是必须得离开了呀"——我必须离开了——这也是我每一段旅程开始前，对自己讲的话。马丁·斯科塞斯就此认为你可以选择成为一个永远不用长大的孩童，活在纯真自我的世界中，也许，对于我来讲，旅行和出走就是这种选择的一个开始……

仿佛,
一　场
告别　Life Is A
　　　Bittersweet
　　　Safari

Chapter 11
罗马

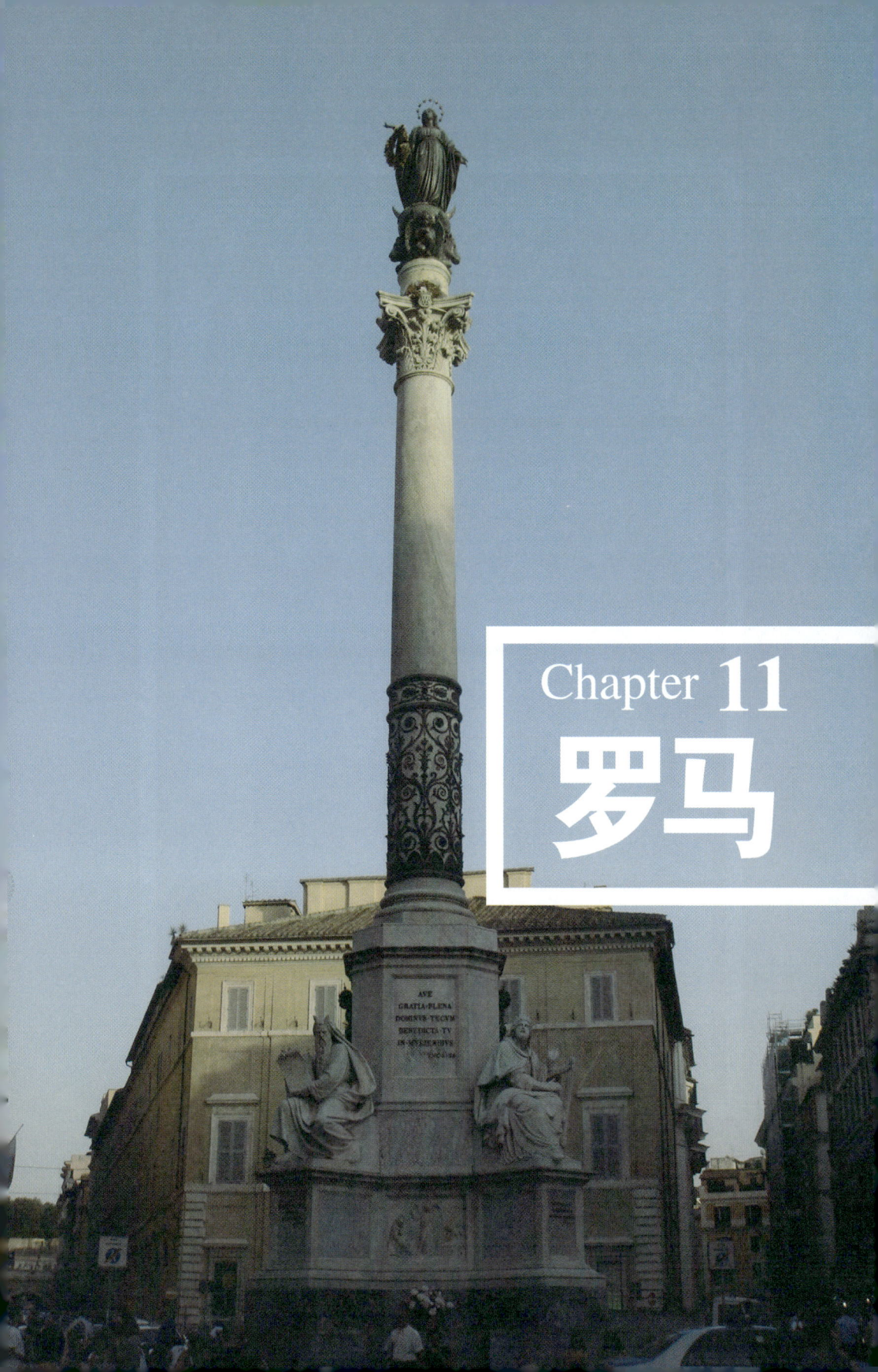

《甜蜜的生活》

《甜蜜的生活》里，女主角在许愿池中的这一幕成为了电影史中的经典

费里尼，"甜蜜"的永恒之城

1960年终于来了，虽然在整个世界影调上它几乎是黑白的，没有色彩，但却比真实的色彩更加内涵丰富，激荡人心，让我魂牵梦绕。20世纪60年代，汹涌澎湃，充满号角，革命、决裂、刺杀，现实被打碎再重装，梦境和意识流以一种诗意的超现实主义风格在电影中被一一呈现，我热爱60年代，虽然我出生在80年代。60年代对于我来讲，是一个电影新纪元的开始，之前的意大利新现实主义已经为60年代更加诗意的意大利电影和法国新浪潮奠定了艺术变革的基石。60年代，有费里尼，有安东尼奥尼，有特吕弗，有"左岸电影"和杜拉斯，有戈达尔，有侯麦，有《精疲力竭》、《去年在马里昂巴德》、《八部半》……如数家珍，属于我的独立精神世界，被构筑的观影记忆，总在深夜被无因的随风飘逝感所打动——这些都停留在了我的二十岁阶段，然后在二十岁的最后一年，我终于来到了罗马——罗马，意大利电影大师费里尼在1959年完成了《甜蜜的生活》（La Dolce Vita），这部电影在1960年获得戛纳电影节金棕榈大奖，《甜蜜的生活》以罗马开始，罗马的街道，教堂，天际线已定格在了一个主观的60年代……

被费里尼在《甜蜜的生活》中展现的罗马显然是一个谜面，谜底千差万别，层次分明，又意味深长。费里尼在这部长达近三个小时的宏大巨作中，铺展了一种奢华低迷的生活气氛，虽然这种生活实际指称是1959年和1960年的，服装、道具、节奏、人物、走位、镜头运动都属于60年代，黑白的，但又有太多情感是超越时代的，我每次看《甜蜜的生活》都会发现费里尼的那种超越，此种真味，是有一点不疯魔不成佛的绝对！我喜欢的电影，我喜欢的导演，都是如此，把作品做成了一种绝对，旁人要猜透个中真味，需要走入导演内心，仔细聆听，亦形成一种气氛，被同样吸引的朋友三四，最后我们又可以通过费里尼和《甜蜜的生活》变得熟络，甚至可以背诵出相同热爱的电影片段。费里尼说，《甜蜜的生活》其实应该是被理解为"生活的甜蜜"，此乃一种讽刺，"有人问我《甜蜜的生活》到底说的是什么？我喜欢回答他们这部片子讲的是罗马——罗马是'内心之城'，以及'永恒之城'……"［本书中关于费里尼创作《甜蜜的生活》的回忆，采访史料，都源自《费里尼——甜蜜的生活》（2013）一书，山东画报出版社出版。］

2009年的炎夏7月，我走在罗马街头，两次走入著名的特雷维喷泉，它又被称为"少女泉"或者"许愿泉"。只因为要去缅怀《甜蜜的生活》中的那场喷泉戏。我在烈日的午后，不过是在许愿喷泉的旁边，一家意大利披萨店吃了一块四四方方的披萨，要了一杯罗马啤酒。这家披萨店应该口碑太好，店内店外都排起长龙，可以听到意大利人此起彼伏的聊天。我喜欢意大利语，那是一种有着歌剧感的语言，站在罗马的街头，让意大利语变作城市游走指引和灵感，性感又梦幻。罗马太宏伟，我每日像在梦游，日光太短暂，夏夜也美好，总觉得无法穷尽。罗马都是美人，男人靓，女人性感多情，是天然的调情之所。罗马显然阳刚不已，男人的小摩托可以穿梭在罗马街巷，营造电影中无名而亲切的瞬间印记，我在罗马感到生命起伏，但是祈求收获良好。我向许愿池中抛撒硬币，祈祷可以重回罗马。

当日，我看到罗马的街头小贩摆出费里尼的电影剧照明信片，兴奋难以抑制，仔细找寻《甜蜜的生活》中那帧经典剧照：男主角马尔切洛（马尔切洛·马斯楚安尼 Marcello Mastroianni 饰）和金发美国女星西尔维娅（由瑞典女星安妮塔·艾克伯格 Anita Ekberg 饰），在罗马夜中漫步，迷失的自我，走入特雷维喷泉的西尔维娅，先前头顶着猫咪，一身黑裙，神游之中，目光并未与男主角有过"电光火石"的交流。男主角马尔切洛则在引诱和放逐中情不自已。罗马从夜色到日暮，安静，类似于一种无人之境，在费里尼刻画的这一幕经典的罗马喷泉戏里，罗马有着不可告人的秘密，自恋、纠结，被抛开和努力挽回的姿态。仅此一幕就够了，我日后可以贪图反复观摩《甜蜜的生活》，并津津乐道

当日在许愿泉看到的聒噪，冥想安静中的一份酣然自觉。西尔维娅这段跳入少女泉的戏是一个有趣、欢乐的插曲，大概被费里尼用来表现对于生存的恐惧的挑战，这种恐惧往往不由自主。这场少女泉戏的结尾：顷刻的万籁俱静，广场空荡荡，一切毫无生气，一切又好像凝固了。一个罗马小伙计手上平托着一盘面包和点心站在那里，默默注视着站在喷泉池中的两人——这个结尾真是神来之笔，被凝视的寂寞反而显得愈加寂寞，我们又似乎可以闻到这盘刚出炉的面包和点心，是真正的罗马味道。这是《甜蜜的生活》最让我刻骨铭心的地方。自然，罗马，远远不止一个特雷维喷泉可以概括。

罗马，不设防，在《甜蜜的生活》中，古罗马的遗迹与恢宏只不过是一瞥，费里尼简单概括了，当作了背衬，但是那些与人物交手的罗马之地，显然更加耐人寻味，留下很多问号，又在影像风格上相当超现实，或者"后现代"。剥离开来观察，这些景观似乎可以不是非常罗马的。电影

189

罗马　Roma

从圣彼得大教堂顶端看到的罗马,是否和当日《甜蜜的生活》主角在此看到的景致一致?

的开场：吊着耶稣雕像的直升机飞行在罗马的上空，这是一处百废待兴、正在建设中的罗马新城景观，剧本有写："晴朗的早晨，金色的阳光洒落在古罗马渡槽的废墟上。"圣约翰大教堂正面的硕大雕像高高地耸立在空中，在一幢大楼楼顶的平台上，有几个穿比基尼泳装的姑娘在那里晒太阳。她们看到直升机飞了过来，对着直升机呼喊，劲风吹拂，马尔切洛风流倜傥，但是有着一种不自信，脸面上写着纠结的欲望。费里尼把电影的开头赋予了宗教的意味，但是观众觉得这绝对是对宗教的一种戏谑吧，不当一回事，或者其实耶稣和剧中人物毫无关系。但意大利到底是宗教感强盛的国度，从《甜蜜的生活》上映后，引发的意大利宗教团体极大争论甚至是谩骂可以想见，电影在当时形成一种轰动，对于传统的宗教仪式表达了一种"解构"。在我看来，费里尼只不过将宗教本身电影化了，宗教并非一种特权，它或许成为一种电影中的表现对象，宗教仪式本身亦可以是非常具有"表现主义"的美学指称，外化为一种骇人的力量，抑或是一种陪衬。宗教在费里尼看来脱离了庸常的功利观念，显示了超自然和无关紧要的面貌。由此，在《甜蜜的生活》中，费里尼安排了一场"假圣母显灵"的戏，煞有介事却自我炒作的媒体，自编自导了这场"假圣母显灵"的戏，费里尼不啻是在讽刺和嘲笑这种盛大的宗教崇拜心态。想一想，一个出生于意大利宗教国度的艺术家，总在"离经叛道"和挣脱故土文化，我认为费里尼是真正的艺术家，他懂得文明桎梏之中，自己积蓄的力量，他无法停止与自身文化的作战和对此的拷问，这在费里尼的很多作品中都被隐性地表达了。虽然这部《甜蜜的生活》在法国的戛纳电影节获得金棕榈奖，才让意大利文化界重新审视这部伟大的作品，但不难想象，《甜蜜的生活》初登大荧幕所塑造的讽刺和质问感在当初是如何震撼了视宗教清规教条和社会仪轨为准绳的意大利的。

无论如何，宗教是罗马的外衣，走在罗马的任何一个街头，似乎都有教堂和自己照面。意大利人自动定下规则，女士不能穿吊带、露出大腿以上的裙子进入教堂，男士则不能身穿短裤走入神圣殿堂。我在罗马，夏日炙烤，也要遵循规则，长裤进入教堂。从西班牙广场外长长的阶梯往上走，走到那栋美妙的天主圣三教堂，教堂中往往也不允许拍照。虔诚崇拜，宗教遗恨，自觉安静，是罗马教堂中经常遇到的气场和氛围。与西班牙广场相接的西班牙阶梯上，永远盘踞着无法安静的人潮，坐满了世界各地的游客，罗马涨落之间是一种力量，吸引我来到此地，体味电影中的细密悠长。在《甜蜜的生活》中最具有宗教感的场景是马尔切洛和美国女星西尔维娅走入圣彼得大教堂。阳光下穹顶之圣彼得大教堂，如此华美浩然，画面叠出马尔切洛和西尔维娅，以及其余几人在通往大教堂穹顶的阶梯间爬行，狭窄旋转。追逐之中，费里尼让西尔维娅察觉到身处神圣的大教堂，不能大声喊叫。这头精神脱缰的母马，雌性荷尔蒙疯长，丰满的乳房与北欧女性天生的金色长发，让马尔切洛等意大利男子为之着迷。随后两人站立于圣彼得大教堂顶端，下面是圣彼得广场以及整个古罗马的壮丽，但是和他们萌生的欲望都没有关系。教堂外朝圣的人潮，费里尼让服装指导给西尔维娅设计了一套修士服，并且让她戴了一顶有着修士意味的帽子，探访这处宗教圣地，自然要显露纯洁的用心。到了最后，两人站在穹顶，大风一吹，西尔维娅的修士帽被吹落了，留下一声惊叹，此刻的马尔切洛已经被深深吸引，无法自拔。

我当日走过圣彼得大教堂，圣彼得大教堂两边的拱柱走廊，高大而敬畏，在广场上看到圣者塑像，四百年来风雨不改，已让我觉得气宇轩昂。米开朗琪罗、拉斐尔、贝尔尼尼都在这座盛大教堂中留下绝世美名。我站在圣彼得广场，烈日蒸烤，但是内心未有觉得异常闷热，倒是人声鼎沸中似乎听到古意远淡，嘈杂中有感怀，浩浩荡荡，人类文明史，梵蒂冈之旅，让我灵魂震颤，又觉得自身渺小，生命太短暂，这些建筑必然是当年被建筑师、绘画师、能工巧匠赋予永生的生命，而大家则燃烧自我，成就了永恒的建筑之美。圣彼得大教堂与广场的壮美，附上了每一个死去魂灵的心血，亦算是生命得到了延续，千古幽情，历历在目，罗马，因此是一个历史和文明的聚合体，让人激动畅想。不过在费里尼的镜头中，罗马变成了一次单调的背景映衬。无论是男女主角身处宏大标志建筑，圣彼得大教堂中，还是游走在夜色中的罗马街道，罗马都非常疏远，建筑是我们熟悉的，情绪则是我们难以琢磨的，消散的，被扭曲的，费里尼甚至让我们看到了罗马华美下，那病态的令人作呕的伤口。但是，我觉得《甜蜜的生活》又是非常符合罗马的，罗马是一座浮动的历史画卷，千面人事，旷古幽情，正如法国自然主义作家龚古尔说过，"读者喜欢的是那种使人进入大千世界的小说"。《甜蜜的生活》里，围绕在男主角周围的罗马，情人、明星、制片人、宗教人士、父亲、同事，每一个角色都是一种人生，他们共同形成了一种看似消极但感动人心，让人深思的交流与冲撞，罗马之万象，在《甜蜜的生活》中是多层而又腐化堕落的，让人浮想联翩的。

罗马，又是一场浮华的盛宴，不是吗？在费里尼看来，罗马藏污纳垢，但是又蕴含情感与人脉。在那条明星、文化人扎堆的威尼托大街，总是充满了帕帕拉奇们和明星们的追逐，同性恋者、电影编剧、社会名流，狂欢猎奇，夜总会的隐匿性感和具有荒诞感的表演，衬托出《甜蜜的生活》所营造的城市图景。电影开始不久，费里尼让马尔切洛出现在一所夜总会中，从侍者口中探寻八卦新闻。而让观众有点意外的是，从上一个耶稣雕像的镜头切换到戴了东方面具的舞者特写镜头，前后是没有任何逻辑的蒙太奇，费里尼在20世纪60年代呈现的荒诞离奇除了可以用超级表现主义来归纳，在我看来，是十分吊诡的。这种类似于毕加索画风的镜头蒙太奇组合给人不安

一个罗马，暮色未到

和不确定的感觉，是导演故意为之的，由此观众会否察觉出费里尼的执拗呢？艺术家，到底都是顽固和自我的人，费里尼是也！在另外一位我深爱的意大利电影大师安东尼奥尼的《夜》中，罗马的夜总会里也上演了离奇、骚然又让人难以捉摸的黑人舞蹈，爵士乐的底子，如一个黑洞打开了门，观众被带入一种幽深而神秘的世界。在安东尼奥尼的影像世界中，时间是一种消耗与

195

磨损，他可以不动声色去观察，表现出这样的泯灭与吞噬，这种泯灭在生命发展的长河中往往悄无声息。在罗马的夜中，这种被时间无情泯灭的悲伤感被具象化，与夜总会中的奇情表演一样，让人觉得是相当孤独的。罗马的夜，对于我来说，就是一种如安东尼奥尼一般的夜影。那一年在一个罗马的夜中，我在古罗马的竞技场边喝酒，罗马人的夜生活似乎野不到哪里去。午夜，罗马全城都安静，枕着一座巨型的历史博物馆安稳睡去，你自可以孤身游荡在那些古迹广场上，皎洁月光下，听到喷泉的流水，深巷子里传来的脚步回音。遇到柏林来的一对恋人，一同搭上的士返回酒店，罗马司机不苟言笑，的士窗外，古罗马的遗迹独自吐纳过往故事。

回到《甜蜜的生活》，在这场开场不久的夜总会戏末尾，美丽优雅，但又抑郁清欢的女明星玛达莱娜（阿努克·艾梅 Anouk Aimée）出场了，她举止优雅，但神情冷漠，她和马尔切洛的情爱纠葛，在《甜蜜的生活》里有一层赤裸裸但却是成熟的模式，各取所需，但是又彼此依赖。我真是很喜欢玛达莱娜，她天生的忧郁。法国女演员阿努克·艾梅高挑、瘦削，演绎出这番贵族气质，属于20世纪60年代的优雅，现代电影再无此种优雅。正如这场戏到了末尾，音乐变了，夜总会到了大家翩然起舞的片段，从舞台里走出的陌生女子，都是黑衣晚装，线条和剪裁却相当现代，珍珠项链与瘦削的脸庞，显示了费里尼镜头中独一无二的美，此种美，我经常在重看《甜蜜的生活》时被再度挖掘，而且每一次总有新观感，费里尼对于我来讲，确实是不朽的。

玛达莱娜在罗马的深夜中戴着黑色墨镜开车，这种造型如果是给了后来王家卫的《重庆森林》里林青霞戴墨镜的灵感，我觉得真是太好的一种相遇了！玛达莱娜载着马尔切洛，来到了罗马的人民广场附近，在墙角下溜达，透露无限的神秘感。我当日走到人民广场是下午，日光映照，我恍然觉得人民广场上的雕塑，有着古埃及的印象，被阳光辐照，有一些光晕，我在我的第一本书里写到对于那些光晕的定义，我觉得那些一定可以被叫作"罗马之光"。在罗马的圣迹间，我看到这些罗马之光，觉得是轮回与宿命之间的唯一连接。如果你要真正观赏"罗马之光"，就去到万神庙（Pantheon）吧！我走入罗马圆形广场的北部，在老街之中穿梭，偶然遇见了万神庙，穹顶覆盖，这代表了罗马穹顶技术的最高技艺。抬头可以看到圆顶上的一束自然光投射到大厅中，并且随着一日中太阳位置的改变移动光束，真是激赏，让人臣服。在《甜蜜的生活》中，很多夜戏，据说当年在筹备拍摄电影的前期，费里尼经常邀约信任的编剧、朋友见面，并且把想见的朋友拽到自己的车内，深更半夜在罗马郊区兜风，商讨剧本，把很多问题弄清楚，在这些被邀约的朋友中，就有另外一位意大利著名导演帕索里尼。我常常觉得，由费里尼信任和热爱的男演员马尔切洛·马斯楚安尼扮演的费里尼剧中人，他们都有这一些相似的底色：他不仅仅是《甜蜜的生活》中的马尔切洛，还是《八部半》中的电影导演圭多，还是后来的彩色片《女人城》中的马塞罗，他们都有费里尼的影子，费里尼在生命中的不同时段，遭遇创作的瓶颈，无法排解的种种困顿与电影表达的矛盾，以及那些对于诗意的生活的描述，都通过马尔切洛·马斯楚安尼扮演的角色们所表现了，所以一个伟大的导演总会有一个信任的演员相随，形成一种无法替代的创作模式。

玛达莱娜应该有轻度的抑郁症，她戴着墨镜，她想逃离罗马，坐在车里的马尔切洛则对她说，"我喜欢罗马，它像是一片温和的平静的丛林，只要你想就能躲起来"。如果这是费里尼想说的话，我觉得罗马实在是一座充满了一些漫画感的，但是非常悲怆的城市啊！只要离开了那些喧哗和骚动、名利场的虚情假意和刻意做作，罗马才是现实的吧？因此电影中的马尔切洛可以

罗马

↑ 罗马人民广场上的雕塑

← 罗马许愿池，引人震撼的是这些雕塑以及背后诉说的故事

找到罗马的海边餐馆，对着打字机敲打八卦稿件，或者在新城之外独自踱步……

我记得，《甜蜜的生活》中有一段戏，马尔切洛的父亲到罗马办事，顺道和儿子见面。他们一道去了夜总会，艳舞和调情的香槟夜晚难免勾起父亲年轻时代的回忆。那一晚，父亲很尽兴，马尔切洛则有一些失落，当他看到欢欣过度的父亲，在舞女的房间留下的一个孑然的背影，老掉的姿态，他显得异常无力和悲伤——这也是费里尼的悲伤，父亲执意要搭乘清晨的火车回到乡下，马尔切洛极力挽留。马尔切洛陪着父亲一起走到楼下，一辆出租车已经停在这里，父亲对马尔切洛说："亲爱的儿子，我很高兴见到了你，写信来。"父亲又说："不用陪我，我愿意自己一个人。"在《甜蜜的生活》的剧本中，关于这场戏的结尾有着这些话："在晨曦中，马尔切洛站在荒凉的马路上，目光呆呆地望着远去的父亲。而为这镜头配乐是凄凉忧郁的教堂钟声，并以一个干脆利索的钢琴音符结束这一场景。"我第一次看《甜蜜的生活》，几乎忽略掉这场戏，今年再看的时候，却被深深打动。我的父亲也老去了，父母赐予你生命，到如今，你选择的道路，父母不一定会觉得欣慰，但是始终是坦然接受你的选择。至于写作大约和拍电影一样，都是很孤独的事，把人事抵挡在外面，享受一个人的创作。很多时候，我面对父亲也是觉得失落的，因为我并没有成为父母期待成为的样子，而顽固坚守自己的理想，也可能是对于父母的一种伤害，到了生命的某一时刻，和父母在一起，话也不算太多，只能任时间无情向前走，只能觉得抓住当下才是理智的，对于父母的爱也应该是这样。

如果稍微回顾一下费里尼的经历，在《甜蜜的生活》中安排的这出父子戏也算是费里尼的真情流露，这位出生在意大利海滨城市米尼的导演，父亲是商人，他中学毕业后到了罗马，开始记者生涯，最后写剧本到成为电影导演，每一次的电影都是费里尼的自我投射，想必费里尼在《甜蜜的生活》中，拍到那个父亲孤单的背影时，自己也是内心潸然吧。男主演马尔切洛·马斯楚安尼和费里尼在很多时候都给我情同父子的感觉，虽然他们更多的时候是有着牢固的友谊。当年，制片人想让红极一时的保罗·纽曼来扮演《甜蜜的生活》中的马尔切洛，可费里尼选择了马尔切洛·马斯楚安尼，这更像是让演员扮演自己，连名字都一样。马尔切洛回忆第一次和费里尼见面的场景，"费里尼从头到脚地观察我，在剖解我，估价我，神情中有温柔而又有点疑惑"，费里尼狡黠地对他说："我想用您，因为您有一张普通人的面孔。"演员马尔切洛本人透露出的胆怯、腼腆、害羞，以及犹豫真是非常合适剧中的角色，无人可以取代。而马尔切洛也是像费里尼一样来自小地方，在城市的郊区长大，也能体会到费里尼内心微妙的矛盾变化。在两人合作《八部半》后，马尔切洛精准地回忆了这部影片所要传递的思想，"《八部半》这部影片是人物的自我审视的方式，是人物竭力自我观察，自我了解的方式。这是一种特殊的精神分析和心理咨询。更准确地说，是自我心理剖析。"马尔切洛认为自己是费里尼手中演奏出动听音乐的一个乐器。

费里尼也回忆了当初选择《甜蜜的生活》的男主角的前后，他说自己真的见了很多演员，考虑到很多解决的方案，"最后我决定见见马尔切洛。我们一起开车兜风，像两个小孩子一样互相叙说好多知心话，那些只有是故交才说的话。我们的思想一拍即合，主人公非他莫属。我要他减肥，减10公斤（我总是这样，每次拍电影前我都要求他减10公斤），而且，我千方百计地让他变得风流点：让他用假眉毛，脸色苍白，还透着点淡黄色，有眼圈，带着几分邪气的眼神；黑色的服装，黑色的领带，有点哀伤的味儿。"读这些费里尼的话，如此温良和蔼，如费里尼的影像，显示了一种强大自叙述体的魅力，又每每显得庞大，散在，引人入胜——这种费里尼式的引人入胜又是思考性的,和现代影像学的表达和诉求没有联系,费里尼是自我的,是强大的,是打动我的,黑白60年代,它多少透露出神秘主义,意大利式的幽默和嘲讽。在我看来,因为当年的《甜蜜的生活》所选择的罗马景色,配合了马尔切洛的面孔与故事,显然动情许多,成为了经典。帕索里尼当年曾经认为罗马是一个缺乏思想和情感的城市,但是"费里尼的《甜蜜的生活》则把罗马社会描绘得淋漓尽致——这是对一个扼杀人生命力,令人焦虑的世界的完美写照"。而对于我来讲,《甜蜜的生活》中那些天真烂漫,又活在绝对自我的世界中人物让罗马非常可爱,纯洁,并且充满活力。记得电影中一群记者访问美国女星西尔维娅的场景,真是让我忍俊不禁,这些问题有:"夫人,你是每天早晨都在冰水里洗澡吗?""您练过印度瑜伽吗?""你喜欢留胡子的男人吗?""您认为意大利烹调技术如何?""您睡觉时是穿长睡衣还是短睡衣?""您认为意大利新现实主义还存在吗?""您相信人民之间的友谊吗?""夫人,在生活里您最喜欢什么?"西尔维娅的回答则更风趣:"我睡觉的时候只是喷点法国香水。""很多东西我都喜欢,但是最喜欢的三件事:爱情!爱情!爱情!"虚假性和荒谬错位的共存,却也觉得罗马幽默风趣,费里尼塑造的人之娇惯,玩世不恭,自我标签,和对于电影工业本身的嘲讽显示了一种快乐调子,是非常难得的。

在《甜蜜的生活》中被塑造的所有女人都显示了一种经典的美,这种美亦出现在《八部半》中,那是60年代的风情,瘦削,腰身很好,典雅的发式,套装和手套,出入不同的场合,装扮则一丝不苟,费里尼像是意大利先锋电影大师中的一位古典画师,一笔一笔勾勒出这种美,很难相信,这个内心带了批判和悲凉底子的大师有着如此缜密的笔调。

后来,我走在罗马的街道上,我觉得我和《甜蜜的生活》

罗马

Rome

← 西班牙阶梯上的天主圣三教堂在蓝天下发出一种温柔的光

→ 罗马，一座散发着历史荣光和岁月沧桑的城市

中的人物一样，对生活充满恐惧，对政治漠不关心。但尝试回忆费里尼的快乐调子，如果你实在是活得很糟糕，其实也可以凑合着过得心满意足，尽管我们处于无意识的状态中。并且在死亡面前，我们走在同一条路上，这条路，如费里尼描述的《大路》。费里尼以爱之心，给予罗马一种丰富和个体的自足体验，显得不朽！

费里尼于我，如此重要，他和安东尼奥尼一样，让电影再现了文学风骨，又超越了文学，他们是如普鲁斯特般的艺术家，始终在"追忆似水流年"。回到费里尼的《大路》，这部电影以及费里尼，像里尔克的诗歌讲的"但有一个人，用他的双手，无限温柔地接住了这种降落"。我热爱费里尼在他的作品中的一种"现象学"的诗意表达，《大路》有时候让我觉得世间苦难，为之落泪，我们却依然需要在自给自足的精神世界中拾掇善良人性。是为吾之"罗马纪"。

仿佛，一场告别

Life Is A Bittersweet Safari

Chapter 12
奥斯陆

《奥斯陆，八月未央》

安德斯坐在奥斯陆的咖啡馆里，周围是一种日常调子

八月未央，日光尚早

我登上从奥斯陆前往戛德蒙机场(Gardermoen)的高速火车，我拖着一个很大的行李箱，然后在火车驶发前和朋友紧紧拥抱，我就这样看似轻松地离开了奥斯陆，一个我生活了两年的城市，火车窗外是朋友告别的脸庞，我们挥手，无法计算下次重逢的时间会是多久。时光回溯到2010年的夏天，那是我转入三十岁的一年，生活的下一个阶段真正开始了，但也是非常未知的一种焦灼状态，那一个时候的告别，你似乎隐隐感到，其实离开挪威后，真的不知道生命中的哪一个时刻可以重回北欧来，甚至是重回奥斯陆来。所以我感到一种恐惧，混合了朋友那脸上的一股迷茫若失劲头，我们似乎都显得有一些束手无策。

奥 ― 斯 ― 陆 ○ ＊ 斯陆

我后来又仔细回忆，觉得我在生活中的很多时刻都固执放大了一些告别的情态，可能对于那些内心粗放和无知无畏的人来讲，一次离开和告别太过正常，显得可有可无，可是对于我来讲则是富有一些预示的作用，或者是类似于戏剧电影中的那种分离，显示了一次结束，一种分裂，以及一些怅惋的叙述调子，它们成为我人生中被偶然挑起的尖利又隐隐作痛的伤口，如果被反复想起，自觉内心有了牵挂，却异常伤怀。我思忖，把告别变作一种人生值得回忆和思考的场景，还因为我和我一样有着流浪内心的人，我们大都觉得人生真是一次永远没有止境的旅程，没有停下来的意思吧。所以那些驿站之间遇到的人和事，在某一

→ 奥斯陆街头
→ 夏日，夜晚八九点，该是从岛上回到奥斯陆的时候了

208

个阶段完结之后,自然只有告别却很难再会,这样的矛盾积累是非常让人伤心的。我觉得有时道别很无力,仅仅是地铁站内的一次转身,或者站于大街外say goodbye,大马路呼啸而过的车声淹没彼此的保重声,或者是夜晚漫长的散步,一直到精疲力竭,或者是酒足饭饱后的忽然离场,甚至是悄无声息的默默祝愿……告别,告别生命,也是一部关于奥斯陆的电影的一条线索,这部电影叫作《奥斯陆,八月未央》[Oslo, 31. august(这是挪威语的写法)]。

今日想到这些道别场景,我忽然非常想再次游荡在奥斯陆的街道上,那是关于从二十岁阶段过渡到三十岁阶段的一种漫游。我觉得奥斯陆的夏日里,我那些关于游荡和漫无目的的城市游走,虽然内心空荡荡,却又自我满足于一种生活的馈赠,这完全像极了挪威电影《奥斯陆,八月未央》中的男主角安德斯的状态。奥斯陆的夏天,因为被想起了,加之这部戏里的氛围,就让我愈加想念,因为我甚至能记起那份迷离的文艺气息是如何随着北欧夏日的阳光抵达我心的。我在一本杂志上读到关于这部电影的一种称赞,好像是来自《好莱坞报道》,评论认为"这部影片的拍摄非常细致入微,所有的细节都展示出了奥斯陆这座城市的特色和性格"。我不禁想,到底是怎样的城市特色和性格呢?我在此地住了两年,暗自觉得我热爱奥斯陆的恬然闲适,有时候又觉得这座城市无聊透顶,让我抑郁而迷失。类似于在电影中,安德斯从戒毒所出来,进入奥斯陆城区,坐在城中的咖啡馆里,听到那些周围喝着咖啡聊天的挪威人所传来的只言片语,如此琐碎,但是又如此贴近日常的生活——日常,在

奥斯陆

OSLO

我居住的湖区，森林之中，冬雪，夕阳投射进来的光芒

安德斯看来，是对于个性和自我的一种抹杀吧？他也有如我一样感到这种生活日常的美妙，如人生中被弹奏出来的和谐乐章，充满了一丝悸动，差一点就可以改弦更张，踏上日常和平淡乏味的生活轨迹。那些在电影中被拍摄到的奥斯陆街景，对于我太熟悉了，我甚至能看到它们就自动定位出具体的地址。我觉得这部电影最为打动我的反而是开头使用的录像带素材，导演采访了已经长大成人的奥斯陆人，让他们回忆过去的奥斯陆——充满了变迁但是又保持了这个城市应有的传统和步调，主城区在很多年看来都没有太大改变，我在那则回忆的录像带影像中，还看到了我的大学——奥斯陆大学的图书馆，那一块熟悉的桌椅和台灯，很多下午，我都是在这里度过的，查阅资料，撰写论文。

奥斯陆，在我所经历的两年居住和生活的亲身体验上来看，我觉得那是一份在生命中不可能再次拥有的幸福感——青春尾巴上的自我和放任，随着心意的生活，但是也并不随波逐流，你看到了你的内心，在寒冷而难熬的奥斯陆的冬日里被一点点凝固；你站在冰雪的海边看日落，日子似乎是上帝所安排，遇到了一些挪威人，成为那一段生活中的清新和浪漫。我们如电影中男主角一样看到了生活中的寂寥和冷清，以及婚姻生活带来的琐碎和无趣，渴望被理解和交流但是却处处碰壁的尴尬局面。你我都在寻找一种终极的价值，但是这样的价值其实并不能够在现实的社会中存活。《奥斯陆，八月未央》像是一种带着回忆碎片的精神之旅，带我重回奥斯陆。

这部挪威电影，讲述的故事十分冷郁，它的调子和镜头在日光中捕捉的那份疏离其实真正是很北欧的，或者复原了很多时候我在挪威生活中所感知的那份疏离。关于《奥斯陆，八月未央》的故事是这样的：一个叫作安德斯的男主角，三十四岁，无业。电影中，他在一家风景优美的乡间戒毒机构里即将完成最后的疗程。那天，天气阴沉，奥斯陆天空缀满了大片的云，有油画的气质。安德斯和一个瑞典女友过夜之后，他撩开窗帘看到一种挪威的日常景观，安德斯选择溺河自杀。整个过程操作起来蹩脚而难受，所以，他放弃了这种方式。后来，电影就在描述安德斯在奥斯陆的游走，见朋友，找工作面试，参加生日派对，饮醉等等这些日常琐碎中展开。临近结尾时，安德斯拒绝和女孩一起跃入游泳池嬉戏，他澄明的眼神似乎宣告着他的决定。悲伤而文艺的安德斯注定要选择一个极致的消逝方式，他最后再次买来大量毒品，回到家，以一种非常静谧的方式完成了关于自我生命的告别。这部电影其实是关于一个主人公和自我内心拔河，最后输掉了的电影，安德斯始于自杀，终于自杀的最后的人生历程——这样的电影叙述所展示的无非是文艺的绝望感，死亡，按照川端康成的话来讲"是最高的艺术，死就是生"，安德斯所看到的自我的软弱，到自我的否定，以及无法和这个世界的沟通决定了他走向最后自杀的结局，这样的结局是最佳的一种释怀方式。

《奥斯陆，八月未央》改编自法国小说《内心之火》，我更爱这个法国小说的名字，内心燃烧的一些火焰，似乎是照亮了我们不断探索和踯躅的一段人生旅程，我在寂寞的北欧冬天，曾经也是把持着这一团仅有的内心之火，聊以自慰，并且坚强生活，完成强大内心的自我构筑以及求得和周遭的一种和谐圆满。这样的过程对于我来讲也是很不容易的，我尖利的内心充满了芒刺，它们时刻都在和外在作战，甚至尖利到伤到自己。我在奥斯陆寒冷的1月走在风雪的海港边，我看到白色的如鹅毛的大雪覆盖了整个海港岸边，一切皆安静，只有海鸥飞过的声音，那块奥斯陆海港边的钟像是冬日里唯一的一个地标。我和一个来自远方的朋友坐在海港边的咖啡室，感知一种无法捕捉到的忧怀和无力。这纷纷扬扬的大雪簌簌而落，落在我的内心，我

↑ 挪威夏日的光线和海洋

214

内心升腾起的唯一的火苗大概是如电影主角安德斯那时走出戒毒所，内心升腾起来的决定和世界讲和的心绪一般，只是还未真正去尝试讲和，不知道我们所寻找的终极价值其实无法如期而至。

第二个北欧的冬日，我为国内的一本杂志在奥斯陆的街区拍照采访，坐在家里埋头写作。大雪来临的12月，圣诞节的灯火并没有温暖我寒冷的内心，只是保持一种写作的畅快感觉，并且延续在奥斯陆长久孤身生活的一种冷然感觉，且觉得并无大碍，只是偶尔会有一种绝望的念想。我在那条嬉皮带感的街区内闲逛，遇到如我一样有着文艺面孔的奥斯陆男女，并为他们拍下一张一张的照片。我来到爵士乐手的家中，在一个酒醉的寒夜里睡在他家的地板上，清晨醒来是奥斯陆的一种周日寂静。男朋友从浴室出来，穿裹的浴巾和湿漉漉的上半身，有金色头发和温和的问候。我喜欢那间带有奥斯陆城市景色窗户的房间，萨克斯爵士乐演奏者在这里和我聊起来关于纽约的故事——那个时候我并没有去到纽约，只是觉得纽约是一个熟悉又太过遥远的地名——这样的冬日变得绵长而充满了无尽的念想。在这样的无尽采访和对话中慢慢展开，我觉得日子并非是充满了带刺和冲撞的碎片组合，可能在这样和奥斯陆建立起来的连接中，我寻找了一种生活的平衡和感召力。

我在夏天到来的时候，走过奥斯陆雕塑公园附近的户外游泳池，后来在《奥斯陆，八月未央》中，宿醉整晚的安德斯和几个男女也来到雕塑公园的回音广场。导演约阿希姆·提尔（Joachim Trier）让我看到了一种青春消散前的游弋状态。他们最后来到这片泳池。泳池在夏日的阳光照射下确实散发出一种非常适合拍摄的柔美来。我觉得关于这部电影，导演约阿希姆·提尔真是把奥斯陆夏日的那种自然光效拍摄得让人心生联想。无论是这处泳池，还是主角安德斯走在奥斯陆的城市空间

↑ 湖区岸边冬日里滑雪的人
↓ 秋叶漫漫的奥斯陆，依然可以看到流动的光线

中，甚至是暮色降至的草坪，以及房屋内那些游走的阳光都是如此轻透和天然，导演似乎从大师、法国导演侯麦那里学到了对于自然光线的捕捉和运用，并且把人物的内心和周遭这自然的光线做了恰如其分的融合。所以，我认为《奥斯陆，八月未央》勾起了我关于奥斯陆的无尽思念，只有在那一个城市，结合了挪威的光线，才能完整呈现一个关于挪威青年自我挣扎的故事，奥斯陆的特质就存活在那些被男主角反复走过的街头巷尾，和与他有过交道，又擦身而过的挪威人之间。这种特质经由主角悲郁的内心得到了放大和渲染，奥斯陆对于我的意味就更加浓郁了——这里不仅仅是我生活过的一座北欧城市，它把我很多时候，关于内心的同样的悲郁、无聊、青春伤怀、抑郁、渴望交流都包容了进来，成为一个时段里最为宝贵的自我记录。后来，当我打开关于奥斯陆的一本又一本的相册，那些映照在照片中的光线都复活了，因为我知道它们就一直在那里，从来没有远离过。

我对所有的朋友聊起我在奥斯陆度过的夏日的体验，日光一直可以很强烈，持续到午夜的白昼将我们的热情和精力都耗尽。8月未央，所以秋天还没有完全到来，奥斯陆有多情浪漫、文艺自我的一面，似乎都在这"八月未央"的时日里被集中体现。这些多情的一面又可以被打碎，变成一块一块的碎片，被我自己拼贴起来，变作自我的符码，等待与我有相同际遇的人和我分享。我约了俄罗斯朋友到了湖边，脱光衣服去湖中裸泳，并且赤身裸体攀上一些石块，挪威的森林中间偶尔传来的鸟声，阳光投射到这些石块和泥地上，可以放肆地在这些地方裸体言欢。夏日的奥斯陆街道充满着一种诗意美好的姿态，所有的人仿佛都快乐，广场上有着弹奏音乐的人，餐馆里是那些饕餮的北欧食客，难得的笑声透过玻璃窗户传了过来。我喜欢一路散步去海边，海边的城堡外，有大量的闲人在看海晒太阳，日光尚早，只留给乐于享受的人。夜晚的酒吧因为永远的白昼关系，变作永远的乐园，即便是到了夜晚9点10点，还可以坐在户外享受阳光和品尝红酒，再点上一桌的美食和朋友分享。时光仿佛倒退到我刚刚来到奥斯陆的那几天，正好是"八月未央"，毫无知觉已是夜晚10点，觉得下午的光景，晨光一般，日影被拉长了，就觉得仿佛活多了的年岁一般，懂得青春真正在抵达奥斯陆的时候被刻意延长了，内心兴奋，难以相信，北欧的夏日如童话般绚丽多彩。居住的宿舍附近是大片的湖区，以及成片的挪威森林，饭后总是喜欢去湖边散步，想到一些悠远的往事，不愿意去规划未来，因为我们都如安德斯一样，有着脆弱、伤感又太敏锐的心——这样，让我们非常容易受伤，只求在奥斯陆的夏日光线中，寻找自我救赎和安慰。

所有这些关于奥斯陆的回忆好像都是信手拈来的，在我的第一本书《孤独要趁好时光：我的欧洲私旅行》中，我花了两章的篇幅来抒写我在奥斯陆的各种经历和难忘遭遇，它们也是只言片语，我认为只要是需要回忆和叙述的时候，奥斯陆就可以以这样零散但是强烈如潮水一般的方式涌回脑际，今天只不过通过电影《奥斯陆，八月未央》再度让我梦游回了奥斯陆，我听到电影中那些星星点点的挪威语——这一奇特但是只有在这个国度才会被讲起的语言，唤起那两年关于这座城市的很多往事。我觉得我和安德斯一样，都是拒绝讲和的人，这样的人必然是痛苦的，转念一想，其实那些在电影中被导演捕捉到的奥斯陆的夏日阳光，以及我在奥斯陆感受到的夏日阳光，虽然明晃耀眼，但很少是炽热的。在北欧，"炽热"是一个不可能实现和切实感知的词汇吧，但是我喜欢《奥斯陆，八月未央》，因为它是那么不"炽热"，不用狠力，不要那些起伏的戏剧情节，它只是一种朴实但是自我的叙述方式，它自成一体，像是挪威的很多设计品所透露的风格：不张扬的，和世界保持着应有的距离，内心绝对是属于自己的，自己对于自己的选择负责就好——这好像就

奥斯陆 OSLO

我以前在奥斯陆居住的地方周围是湖水,还有成片的挪威森林,夏日里是天然的游泳场所

是奥斯陆这座城市给予我的特质体验吧，它更像是一座充满了独白的文艺城市。

说到独白，《奥斯陆，八月未央》中，安德斯坐在咖啡馆里，他听到了旁桌女孩子讲述的如诗歌般的话语，这些话多么浪漫，像是从普鲁斯特的小说中传出来的，结束的时候，我摘抄一

些，它们是臆想，适合独处的时候，在奥斯陆的夏日海边喃喃吟诵。

I want to marry, have kids.
Travel the world. Buy a house.
Have romantic holidays.
Eat only ice cream for a day.

← 夏日出海来到岛上，这一块休憩之所让我想到了侯麦电影中的场景

Live abroad.
Reach and maintain my ideal weight.
Write a great novel.
Stay in touch with old friends.
I want to plant a tree.[我想结婚并且有孩子。环游世界，给自己买一所房子。我想拥有浪漫的假期。整天只吃冰淇淋。我想生活在国外，达到和维持我的理想体重。我想写一本很棒的小说，和老朋友保持联系。我想种一棵树。]

↓ 爵士乐手的家

仿佛，
　　一　场
告别　Life Is A
　　　Bittersweet
　　　Safari

Chapter 13
巴黎

《午后之爱》

侯麦的《午后之爱》展示了一种犹疑不决又绵长的情爱抉择,很巴黎,很法国!

侯麦，我是一个孤独的海盗

在电影大师侯麦（Éric Rohmer）著名的"人间四季"四部曲《冬》（Conte d'hiver）的结尾，电影中的男女主角于再平淡无奇不过的情节铺展中不期而遇，那些失散了多年的情感，女子日思夜想的男子，小女孩丢失的"父亲"形象，还有一个女子犹豫不决的感情心事，在巴黎的冬日公车上被彻底化解了。导演侯麦所展示的重逢对于我来讲，除了是巴黎的一种日常外，还有这种巧合之中蕴含的脉脉深情。当他们三人，父亲、女子和女儿相拥在一起，回到家里，见到年迈的母亲，一家人其乐融融迎接圣诞，这种温情的画面是侯麦电影中异常情动的时刻。

巴黎 Paris

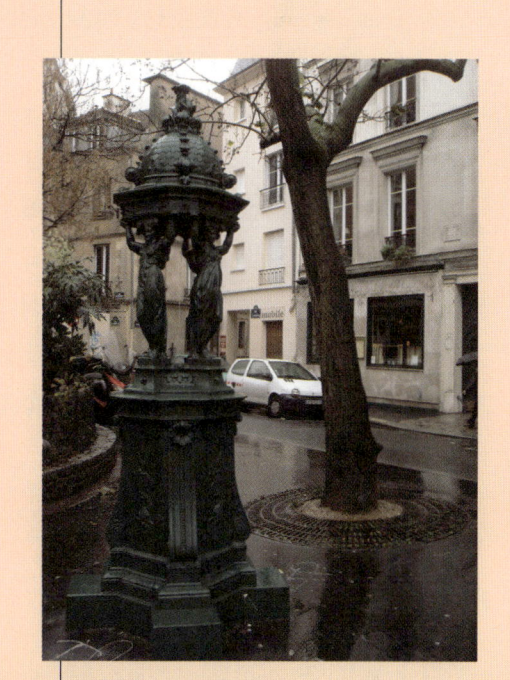

这大概是我最爱的关于巴黎记忆的一个瞬间，夕阳下，我抬头从塞纳河边看到的铁塔

← 巴黎的骑兵

侯麦，在大多数时候，他的影调和故事，谈话和一次凝视都是非常平淡的——这种平淡，比被刻意撩拨起来的情绪更加富有诗意，像是法国南部被采集的阳光。侯麦镜头下的故事就是这种日光渐亮，又渐暗的过程，有一些起伏，但是不需要声张，自然和衰老都是一种不可抗拒的法则，人物故事的起承转合也许就是一种顺应而已。在此种柔软的自然主义法则中，侯麦所描述的巴黎在过去的某一个时代散发出雾气一般的沉着而又朦胧的气质。我在侯麦的巴黎故事中，也找回了那种昔日时光的片刻温情。

《午后之爱》（L'amour l'après-midi）是侯麦《六个道德故事》中的完结篇，20世纪70年代的巴黎，呈现了一些老态，唯一鲜活的是那些行走在巴黎街头的女子，那仿佛又是到了巴黎的夏日，日光温暖，侯麦把摄影机放到巴黎的街上，拍摄那些婀娜多姿的巴黎女子，虽然这些装束和情态在今天看来有了全然不同的感觉，巴黎在任何一个时代都散发让人思考和怀想的可能，这不得不说是巴黎的一种魅力。男主角弗德里踱步在巴黎街头，侯麦让他穿着不同颜色的高领衫，日常生活不过是一件又一件不断变换颜色的高领衫。而巴黎的精彩自然是那些被弗德里看在眼里，仔细端详的巴黎女子——这似乎才是日常巴黎中最让人心池荡漾的事物。所以，弗德里坐在午后的咖啡厅里，望着来来往往的穿大衣的、穿貂皮的、牵着小狗的、神色落寞的、匆促苍白的、高傲孤独的女人们走来走去，幻想着和她们之中的每一个发生一段艳情的对话。巴黎即便是被男主角的工作和婚姻反衬得庸常，无聊，甚至是无趣也是正常的。因为巴黎确乎又是香艳无比的，因为任何一次意淫都充满了狡猾的对话和棋逢对手一般的快感。调情和浪漫是巴黎天生的性调，巴黎就是这样，日常之间让我们可以不断去幻想，去意淫，去怀念，去打破，去出轨，去过一种巴黎人自以为是的生活——而侯麦所展示的所有关于巴黎的这些日常都在告诉我们：生活的奇情和浪漫都存在于这份平淡之中，平淡往往是最好的铺垫，不然，哪里来那些生活中的小波澜，小怨愤，和无止无尽忧伤文艺呢？

我热爱侯麦，因为我热爱他经常让他的主角说出那些如诗歌一般的慧言妙语，或者这些男女主角的对白和独白，也不能算得上是诗歌，更像是一种喃喃自语之中的自我开解，逃出升天的灵魂暗语，它们被唤作"恋人絮语"，仿佛只有内心孤独、渴望被理解的同类可以听懂。后来这些侯麦式的台词，到了香港导演王家卫的手中，被那些同样充满了内心隔阂和挣扎的男女主角讲出来，只是时代和文化改变了，不变的都是那种生活在日常之外的孤独感，游走在城市之间被遗忘的脆弱个体而已。在这部《午后之爱》中，开篇男主角坐在家中沙发上，坐在巴黎的郊区火车上，望着火车上的一种巴黎日常生活，他看着火车上的巴黎女子，侯麦的话借他的口讲出来："坐火车时，我不喜欢读报而喜欢看书，不仅因为书携带方便，书不会让我全神贯注，也不会给我完全脱离现实的感觉，坐车时可以享受片刻不受打扰的阅读，我喜欢每次都带一本……有时我喜欢同时读几本，在不同的时间和地点阅读，它们将我带入不同的时空……婚后，我发现所有的女人都充满魅力，从日常琐事中，我发现了神秘的女人气质，这种神秘是我以前拒不承认的，她们的生活让我好奇，即使是平淡无奇的生活……"这些话都显得很唠叨，变得似乎是故意吐露的一种心怀，那是特别侯麦的一种表达方式。旧时代里的反复低旋，犹豫不决，又不能大有作为，太小布尔乔亚，太舒缓，太不能和现代相处了，所以，侯麦以及侯麦所表现的这种日常生活才在现代社会的浮躁中显示出了一种犹疑、不确定的美来，像是电影中，巴黎火车站外冬日里浮起的那层清雾。

我爱侯麦、热爱他的影像中的海水、日落，法国郊外的一份

巴黎的深秋
蒙马特圣心教堂下的这座旋转木马出现在《天使爱美丽》中

那些留着水坑的巴黎街道，阁楼上的狭窄都是真实的。但是侯麦的巴黎又确实是时髦的，他镜头里的人物都着装优美，很少会有嬉皮的样子，颜色搭配舒服、自我的服装出现在侯麦的大多数彩色电影中，男女主角像是从法国时装品牌agnèsb是［法国时装品牌，风格简约，时髦，强调艺术气质和营造一种法式生活的情调。］招贴画里走了出来，展示的就是一种日常巴黎的时髦与生活味道。侯麦，似乎一直在放弃描述巴黎的宏大、历史文化的骄傲与自负，以及营造那种巴黎式的浪漫，但是他却在自我的文艺体系下展示了一个最为和蔼可亲，又充满机缘巧合和暗自忧伤的巴黎——这样的巴黎，更在于一个精神层面上的巴黎，和侯麦电影中出现的诸如墙上悬挂的马蒂斯的画作，晚饭之间关于法国哲学家的争执，以及货柜上摆放的Yves Saint Laurent（伊夫·圣·洛朗）包装盒互相映衬，交相辉映。巴黎，在男女主角永无停止的对话中展现了日常的美学观感。

清闲，他镜头里的巴黎是我无法抵达的一种巴黎样子：70年代，或者时间还可以再往前推算。那时候的巴黎，应该是多出一种闲散之味，在侯麦的巴黎中，花都从来不会娇艳，被渲染出一种刻意的浪漫或者是蓄意的抒情乐章。在侯麦看来，巴黎是一种状态，平实之中透露着美学特征。

所以在某些时候，我以为我已经忘记了巴黎那些我走过的街道的样子，只记得那些横冲直撞的巴黎摩托，法语的嘟囔，还有巴黎夏日地铁里的闷热，但是重拾侯麦的《午后之爱》，巴黎的圣拉扎尔车站（Gare Saint-Lazare）——出现在电影中，所有的记忆就又回来了。2009年的夏天，我在巴黎闲逛，住在一个朋友家中，每日要从他家搭火车来到圣拉扎尔车站，再从这里换乘地铁进入巴黎的大街小巷。巴黎是一个巨大的盒子，这个硕大的盒子还包括那些每天依赖巴黎的几大火车站中转于郊区和市区的巴黎人居住的很多地方。巴黎真是很庞大，每次让我在圣拉扎尔车站都有种绝望的感觉。绝望，是因为，巴黎的人潮其实就如《午后之爱》里从圣拉扎尔车站涌出的人潮一样，非常迅速，非常淡然，又非常和自己没有任何的关系。巴黎，在这一刻是别人的，我觉得男主角弗德里在车站进出的时候也有类似的感觉吧，一种美好的感觉只存在于火车上的那种凝视和思考。但是过了那么多年，巴黎的气韵还是没有改变多少，2009年，我搭乘着这些郊区火车，在火车上依然可以看到看书看报的巴黎人，气定神闲，牢牢守住自己的精神世界。

关于圣拉扎尔车站，我的记忆是周围的药房、广场上等待的人影，以及马上走入地铁换线的入口，再次被巴黎汹涌的人潮所淹没。只是《午后之爱》中，那个时代，并没有无人驾驶的地铁线路，到了2009年，我惊讶于巴黎地铁的先进，有一条线路终点大约是圣拉扎尔车站，就是一班没有人驾驶的地铁，当时觉得很奇特。巴黎人的骄傲之一，就有自己的地铁一项。我个人以为，对于初来乍到，到访巴黎的人，你可能会被巴黎的地铁蛛网线路彻底吓住，惊叹于如何才能像巴黎人一样自如使用这张蛛网般的地铁线路。担心自然是有的，但是倘若真正把每日都会使用的线路摸清楚了，外加一些经常可以去探索的新线路，巴黎地铁真正是非常方便和广阔的出行工具呢。当然，你还要随时提高警惕，提防巴黎地铁的扒手，以及某一些区域内的抢劫和不安全行为——巴黎，大概就是这样非常庞杂的，一边优雅，一边做作，一边时尚，一边恐惧，一边混乱，充满了各种未知和惊喜。

我觉得侯麦在《午后之爱》中所描写的圣拉扎尔车站，充满了无尽的文学性，巴黎就是这样被文学家、画家、艺术家和诗人、电影导演装点出了一份独到的文艺和文化气息，经久不衰。同样是描摹圣拉扎尔车站，印象派画家莫奈在1877年迁居巴黎后，创作了一幅关于圣拉扎尔车站的作品《圣拉扎尔车站》，画作现藏于巴黎奥赛博物馆。阅读美术野史，有记载，莫奈当年为巴黎的火车站之壮观所倾倒，在1877年里，火车站成为这位印象派画家一再重复描摹的一个主题。据记载，他画了十几幅有关火车站景象的画。画家雷诺阿讲述了莫奈乐于描摹圣拉扎尔车站的因由："一天，他说：'我想到了！圣拉扎尔火车站！我要表现火车刚刚开动时的情景，火车头喷吐浓烟，四下里什么也看不清。这真是一番让人着迷的景象，一个梦幻的世界。'当然，他不打算凭记忆去画。他要到现场去，捕捉阳光对火车喷出的蒸气造成的效果。'我要请他们将开往鲁安的火车延迟半小时。那时光线会更好。'我听完之后认为他只是开玩笑，但是没有想到他居然前去问西部铁路公司经理，解释说他想画北方火车站或圣拉扎尔火车站，但是他觉得圣拉扎尔火车站更有个性——经理居然真的指令火车司机排放蒸气，同意让莫奈坐下来画画。"所以呈现在我们面前的这幅关于圣拉扎尔的画作，有着一种朦胧而童话般的效果，即便是如日常所见到的当年的火车蒸气和巴黎的雾气，也被艺术家褪上一层蓝色、橙黄色的外衣，日影透过雾气撒洒下来，又被火车站和人物本身所稀释掉，给予观众无限想象和喟叹的空间。莫奈的《圣拉扎尔车站》显示了一种流动的、不稳定和运动的效果，不确定、不守旧，丰沛的色彩和运动的线条，虽然是一次火车开动的日常风景，和

巴黎 Paris

关于巴黎的散步，绝对是沿着塞纳河展开的

↑ 我坐在蓬皮杜艺术中心的图书馆，翻着好多画册

↗ 我喜欢去巴黎的莎士比亚书店，巴黎一家书籍齐全类似博物馆的英文书店，二楼是一个图书馆，这是2009年的7月，坐着三三两两的文学青年

→ 在蒙马特看到很有意思的巴黎住宅

236

237

莫奈善于表现的睡莲,或者其他自然风光不同,但是圣拉扎尔车站就此因为莫奈被赋予了一个艺术外壳,与巴黎任何其他的建筑、街道,行走在"左岸"拉丁区的人物一样,都被打上了这样的光环。

都是善于捕捉自然光线的大师,侯麦的电影中也有着这样柔美的自然光线的优雅再现,无论是在巴黎的午后,阳光透过咖啡馆的窗户投射到人物的身上,还是在开往巴黎和郊区的火车上,那些微软细密的阳光时刻,虽然是稀稀疏疏的,但是侯麦乐于表现它们,让这些阳光照亮了一整节火车的烦闷和乏味。"四季"中的《秋》(Conte d'automne),在葡萄园中或者是傍晚聚会,总有那份饱满得让人心醉的光线,自然而且富有酝酿和成熟的质感,阳光在侯麦的影片中具有表意和衬托的特征。我喜欢"四季"中的《夏》(Conte d'été),法国南部夏日的阳光如此灿烂,偶尔海上有一整片的乌云,日光还是高,有海风吹来,侯麦让船行在海上,主角苏珊与贾斯伯唱歌,念诵诗句,那是一支水手歌《海盗的女儿》,"我是海盗的女儿,人们叫我海盗小姑,我喜爱柔风,我爱那涨起的海水。我穿过大海就像穿过人群,人群,人群,快点,我可爱的船儿,我们要穿过人群,驶到旧金山去,经过瓦尔帕,到阿尔尤迪安小岛,穿过印度海洋,我想到世界的尽头,看看地球是否是圆形的。"那一段悠长、缠绵、摇摆不定的夏日恋曲就在如此阳光和海风下尽情铺展。人性的嫉妒、欲望的挣扎、爱情的脆弱都在侯麦近乎自然光效的表现中被表达了。扮演男主角贾斯伯的法国演员梅尔维尔·珀波(Melvil Poupaud)在多年后出演了加拿大天才少年导演泽维尔·多兰(Xavier Dolan)的影片《双面劳伦斯》(Laurence Anyways),我是在看到这部华丽炫美的《双面劳伦斯》后,忽然看到侯麦的《夏》才恍然大悟,时光真是在这个男演员身上留下了最为真切的痕迹,但是从美少年变作俊朗男人,梅尔维

侯麦的四季之《夏》中:男主角贾斯伯徘徊在三个女朋友之间

尔·珀波的魅力却没有丝毫退减，法国男演员总归有一些散发出成熟和浸润的美，实在是我观影人生中的一次意外感叹，这也是我学习电影，再到旅行回来，再到看过很多类型风格各异的影片后，暗地里存在着的一种观影奇遇，你要相信，你喜欢的光影。演员自然是会遇到的，或者是重逢，只是时间和空间的嬗变让这种相遇变得有一些焦心和绵远，从阿尔莫多瓦，到王家卫，到泽维尔·多兰，不一而足。"天空是我们的边界"——来自《双面劳伦斯》里的话，像极了侯麦的台词，"我不固执，生命对我才固执"——来自侯麦的《绿光》（Le Rayon Vert）。

我在巴黎的时候，成日流连于各色巴黎建筑与城市街道中，对此念念不忘。圣拉扎尔车站成为一个中转车站，印象里也没有多少关于此地的故事。所有的人生驿站都仿佛是圣拉扎尔车站一样，迅疾出现，瞬间消散，只有那些一段接着一段的旅程在不断开展。那一年，我只记得，踏上圣拉扎尔车站的一节火车，往郊区驶去，巴黎的夏天，来了一场很大的雨，下了火车也无法动弹，只有看到雨水在列车的轨道上溅出的水花，温度迅速低了下来，巴黎的人，无论是刚刚下班正准备返家，还是游客，都仿佛一下子失去了方向，在一派雨中踌躇。每一次在巴黎，我总要遇到这样的恼人的雨，不管是11月的初冬，还是7月的夏日，这巴黎的大雨，像是特别为我准备的，而且是在我毫无防备的情况下，不请自来。在那个时候，我满嘴咒骂巴黎，觉得旅行真是一件糟透了的事！所有关于巴黎的文艺说辞，都存在于电影、小说、绘画之中，并且总会在我离开巴黎后被不断想起，在巴黎只有再现实不过的日常而已。所以此刻，我又想回巴黎去，在夜晚看一场电影，在花都的咖啡馆聊哲学，最好是加缪和萨特，我们说存在主义，说到人类学，我可以念出列维·斯特劳斯的句子，来自那本《忧郁的热带》……所以，我就变成了侯麦电影中的那些人，絮絮叨叨，无法自处，游弋不绝，

巴黎　Paris

↑　远眺圣心大教堂
↗　我在卢浮宫看到的一种孤独景色

暗自伤怀——这就是巴黎带给我的那种无限灵光吧?

回到侯麦的《午后之爱》,我把电影开始,男主角的那一些话都摘抄了下来,侯麦让男主角走在圣拉扎尔车站进进出出的人潮里,他说,"我喜欢这个城市,讨厌郊区和省城,尽管又挤又吵,我却从不惧怕人群,我喜欢人群,就像我喜欢大海,不会被吞噬,也不会迷失自己,而是像一个孤独的海盗,在海上自由航行,随着海浪起伏荡漾,海浪平息的时候,我也知道何去何从,像大海一样,对于我这颗流浪的灵魂,人群充满了活力,走在大街上,我会产生许多想法……"这就是我想说的话,因为这些想法,我来过巴黎,而我继续走在不同城市的大街上,我和不同的人事照面,我想要找到一个自己……

仿佛,
一 场
告别 Life Is A
Bittersweet
Safari

Chapter 14
柏林

柏林 Berlin

《啊，男孩》

虽然是黑白影片《啊，男孩》中的柏林依然是混杂和有趣的

我的不由自主，其实透露着诗意

《啊，男孩》（Oh, Boy）像是一声叹息，让柏林蒙上了一层清新又多情的外衣，柏林在这部黑白电影中变得非常文艺和缓慢。德国人还是美，那些点缀在电影中的爵士乐曲，似乎是从伍迪·艾伦的电影中延伸出来的乐章，使得这部《啊，男孩》让人对柏林产生出新的幻想和想念。柏林，成了一种静止的状态，偶尔被描写的火苗似乎都只是这静止的状态里的一些闪念而已，夸张和出离不到哪里去。

除了电影里那些被拍摄的到处可见的涂鸦外，柏林的街道和地铁交通站台都非常安静，男主角在自家的窗户边抽烟，窗外是柏林偶尔开过的地铁轻轨，黑白影像中透露出的一种沉思状态。按照男主角的话，他辍学是为了思考，用了很长久的时间去思考人生和很多其他事情——这样的思考可能也只有在欧洲可以实现，漫长的时间，探索以及寻找内心自我的出口——这些都是青春年少的阶段都会生出的无端愁苦吧。

我回忆起在柏林的行走，似乎城市角落里都是涂鸦，柏林显示了一种破坏力强劲的潮流和反抗意识，柏林看来在外表安然下面潜藏的是非常叛逆和躁动的内核。在另外一部以柏林为背景的电影《柏林召唤》(Berlin Calling) 里，柏林就是鱼龙混杂，藏污纳垢，然后又透露着腐气，柏林是电子乐和夜场文化超级发达的地方。只是《啊，男孩》这样有点清爽和小小的和自己无法相处的电影，让柏林变成了另外一种样式。男主角在一日之内遇到的人物和事件显得非常有趣，又毫无头绪，正如他在这一日当中尝试买咖啡、喝咖啡，都无法实现一样，现实就是这样呈现细水长流但是给人一种碰壁的不合时宜的样子，这种样式其实类似于我私人旅行中感觉到的柏林气息：不由自主的散漫、轻省的心绪、恼人的遭际、出人意料的诗意：

← 柏林街角的海报
↗ 初冬柏林

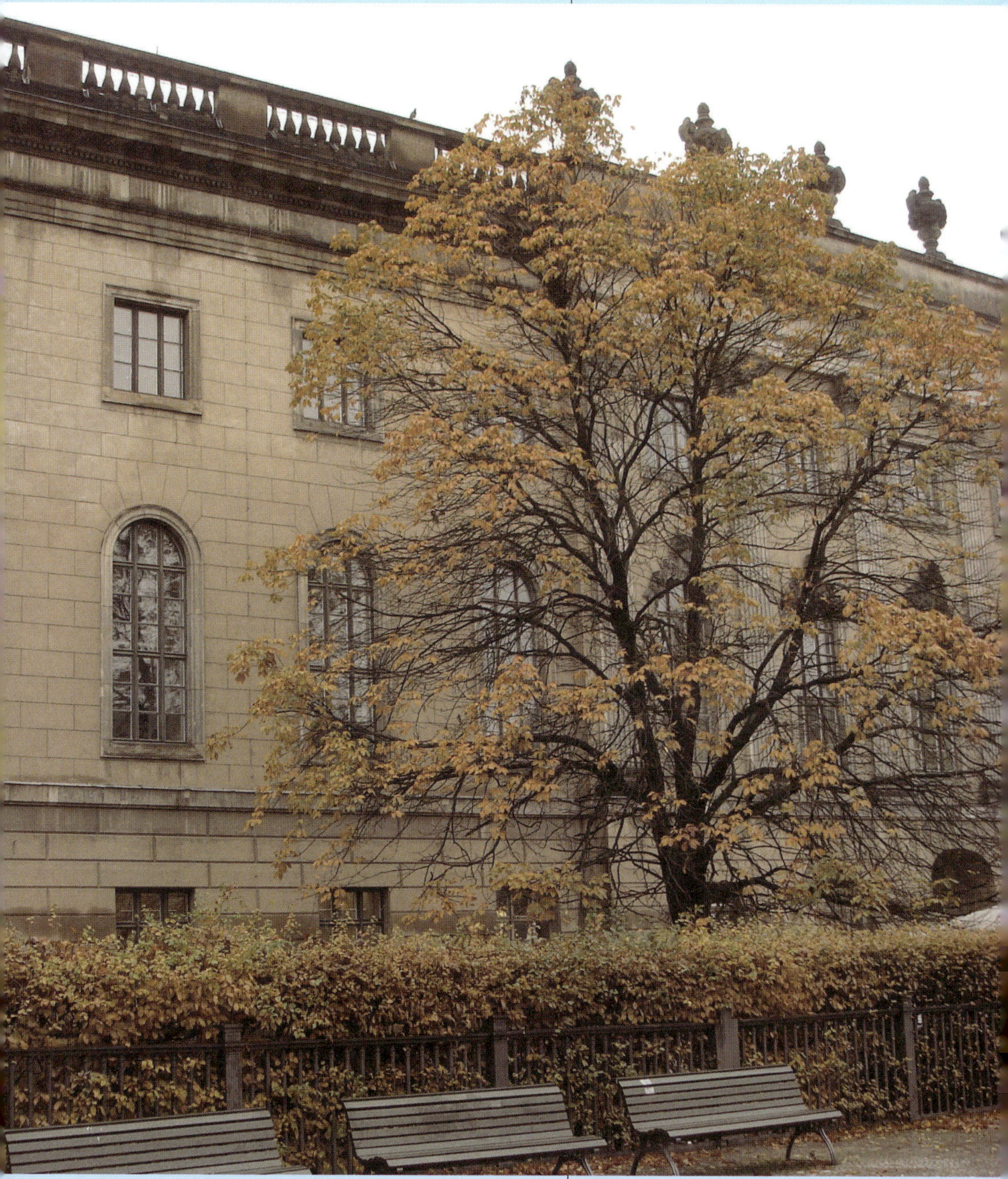

十一月,柏林
下午四点后的夜幕
无人清扫的落叶
空寂地铁月台,墙上
德意志金色装饰的余晖
列车穿越了东柏林和西柏林……

城市轻轨盘旋在住宅区的上空
柏林和柏林墙
涂鸦,涂鸦,依然是涂鸦
如同一场没有完成的聚会
留下没有完成的涂鸦
柏林墙倒掉了
倒掉的心脏
被画在霍恩措伦官廷教堂对面的草坪上

柏林的河水
柏林的电视塔
宣告了一个城市的模样
亚历山大广场
是一个电影的名字,法斯宾德
刚劲爆裂SM鞭挞历史的屁眼儿
情色租赁DVD店铺里的老年人
走入地下室,挖掘肉体,孤独伴侣

勃兰登堡大门里外被扫射的孤魂
游荡出离,枪声肃杀

德意志国会大厦,雨水在玻璃窗户上打转
寒风刺骨
菩提树下大道入口
普鲁士国王弗里德里希二世
洪堡大学和倍倍尔广场
希特勒叫嚣,烧掉! 屠场!

犹太人博物馆里
毒气室,暖气断掉,成为一个孤岛
雪花降落
灰色石柱棺材一般的模样
我听见哀号和离别
柏林深寒
咖啡馆里的热巧克力
只能写好几张明信片,在夜幕来临前

被召唤的柏林
电子舞曲techno,骇人的欢乐
都被这寒冷稀释,与我无关
冷静的德国人
玻璃橱窗外,自知的倒影
反复走来走去
东柏林里的潮流
柏林酷,柏林在召唤

德语似乎发出嗤嗤声响
配合了这柏林的天际,迷茫
艺术家潜伏

看不到一个未来的样子
黑色,是柏林和柏林人的背影
背影,遥远的距离
康德说纯粹理性批判
柏林失掉判断,大概已感到厌倦

《啊,男孩》
一天之中经历起伏暗涌
电影柏林,非常不可信
柏林,意志力胜利下的烂漫
老教堂,老街道,心墙芥蒂,痛楚刻骨
有人告诫我夏天再来柏林
我莞尔

这冬日里的柏林只是黑白胶片的一次
倒放

十一月,柏林
下午四点后的夜幕
无人清扫的落叶
空寂地铁月台,墙上
德意志金色装饰的余晖
列车穿越了东柏林和西柏林……

柏林 Berlin

← 曾经的柏林政治分野

↓ 菩提树下大道的背影

Appendix
主要影片和电视剧索引

Chapter 1

《迷魂记》（Vertigo）1958

警官斯考蒂在一次行动中从高处失足掉下，就此患上了恐高症。斯考蒂只好辞职当起了私家侦探。同学加文找斯考蒂，委托他去跟踪妻子玛德琳，斯考蒂接下了这桩任务，却不知自己陷入了一场精心策划好的阴谋中。希区柯克让女主演一人分饰两角，非常精彩。

《惊魂记》（Psycho）1960

影片展现了精神分裂症罪犯的狰狞和围绕这起谋杀案的人性对峙。女主角要替老板存进4万美元进银行，一时冲动之下她决定携款潜逃。沿途她住进一家贝兹汽车旅馆，却在当晚在旅馆的浴室被残酷杀害，女主角在浴室被杀的戏成为了电影史上的经典。

Chapter 2

《纸牌屋》（House of Cards）2013

美国电视剧《纸牌屋》第一季于2013年播出，由大卫·芬奇、鲍尔·威利蒙联合制作，凯文·史派西主演，改编自英国同名小说。主要描述一个冷血无情的美国国会议员及与他同样野心勃勃的妻子在华盛顿白宫中运作权力的故事。

Chapter 3

《安妮·霍尔》（Annie Hall）1977

本片充分体现了导演伍迪·艾伦的电影风格。戏剧家艾维·辛格（伍迪·艾伦 饰）非常介意自己犹太人的出身，他有点阿Q精神，喜欢一直讲无聊的笑话。艾维遇到了安妮（黛安·基顿 饰）——一个一直梦想成为歌星的女孩，两人渐渐堕入爱河。该片让伍迪·艾伦获得第50届奥斯卡金像奖最佳导演奖，并让女主演黛安·基顿获得了奥斯卡最佳女主角奖。

《曼哈顿》（Manhattan）1979

四十岁的艾萨克·戴维斯（伍迪·艾伦 饰）在写作上不算成功，在感情上更是一团糟。一方面，为了另一个女人而离开他的前妻吉尔（梅丽尔·斯特里普

饰）打算出版一本有关他们私密婚姻生活的书；另一方面，十七岁的女孩翠西（玛瑞儿·海明威 饰）对于这段他并不打算认真经营的感情投入了越来越多的热情。在这个节骨眼上，好友耶尔（迈克尔·莫菲 饰）的情人玛丽（黛安·基顿 饰）闯入了戴维斯的视线，风趣的谈吐，投机的话题，一切的一切都为两人的感情擦出了火花。电影在曼哈顿展示了几对男女的冲撞和相遇，道德与纯情，出轨与激情，也隐藏着幽默。

《子弹横飞百老汇》（Bullets Over Broadway）1994

导演伍迪·艾伦展现了一个有点疯癫的过去纽约都市画卷。剧作家大卫对如今腐败混乱的话剧界充满了失望之情。为了讨好情妇奥利芙，黑帮大佬看中了名不见经传的大卫的剧本想要投资，作为前提条件，大卫必须让奥利芙饰演主角。虽然奥利芙唠叨的个性和蹩脚的演技让大卫深感抓狂，但在利益面前，他痛苦屈服了……

《怎样都行》（Whatever Works）2009

导演伍迪·艾伦借物理学家鲍里斯的口吻讲述了一场错位和充满奇遇的人生故事。鲍里斯辞去工作搬到纽约曼哈顿城中，某晚在家门口发现了从密西西比州离家出走的天真少女美乐蒂。美乐蒂请求鲍里斯收留，尽管两人有四十多岁的年龄差异，仍决定结婚。后来美乐蒂的母亲玛丽埃塔被丈夫抛弃后从密西西比来访，与鲍里斯的朋友凯文一见钟情，生出一段搞笑恋情。

《天使在美国》（Angels in America）2003

这是一部包含六集的迷你电影作品，改编自舞台剧《天使在美国》，云集了实力派的演员阿尔·帕西诺、梅丽尔·斯特里普、艾玛·汤普森。故事发生于20世纪80年代中期的纽约，全剧充满了黑色幽默与悲剧色彩，对白极为出色。大多数演员都一人分饰几角。剧中对美国政治、经济、文化、种族、艾滋病等问题有很深刻的触及。

Chapter 4

《一夜迷情》（Last Night）2011

影片着力表现了两天两夜，一对居住在纽约的夫妻面对旧情和新欢，内心浮现的波澜和煎熬。迈克和乔安娜出席迈克的工作派对时，乔安娜发现新来的女同事萝拉对丈夫态度暧昧。第二日，迈克和萝拉一起去外地出差，同时心神不安的乔安娜则在曼哈顿街头巧遇了曾经深爱过的旧情人艾力克斯，再度燃起旧情痴缠。

Chapter 5

《一天》（One Day）2011

本片根据英国作家大卫·尼克尔斯的同名畅销小说改编。整部电影描述了20年里，一对男女若即若离的情感起伏……本片由吉姆·斯特吉斯和安妮·海瑟薇主演。聚散有时，只愿彼此分享着人生的苦辣酸甜和各种感悟。

《猜火车》（Train spotting）1996

该片是英国著名导演丹尼·鲍尔20世纪90年代的重要作品。描述了苏格兰爱丁堡一群青年垃圾式的生活现状。扮演男主角马克·瑞登的是伊万·麦克格雷格，他在电影中出色地扮演了一个颓废青年，和一群狐朋狗友过着无所事事的生活。

Chapter 6

《哈维的最后一次机会》（Last Chance Harvey）2008

老戏骨达斯汀·霍夫曼和艾玛·汤普森演绎了一段中年人的恋情。居住在纽约的作曲家哈维·山恩前往伦敦参加女儿的婚礼，哈维错过了返程的飞机。徘徊流连于英国机场的哈维，无意中邂逅中年女子凯特。两个天涯沦落人不期而遇，故事就此展开。

《偷心》（Closer）2004

影片改编自舞台剧，描述了四个男女之间的反复关系。丹（裘德·洛 饰）是作家，他爱上了舞女爱丽丝（娜塔莉·波特曼 饰）。丹对爱丽丝炽热燃烧的爱情给了他灵感和激情，但他内心在寻找另一个人的爱，终于他遇上了摄影师安娜（朱莉娅·罗伯茨 饰），但安娜和另一个年轻人拉里（克里夫·欧文 饰）却在爱的游戏里相互试探和接近。

Chapter 7

《故园风雨后》（Brideshead Revisited）电视剧版1981/电影版2008

十一集的英国电视连续剧《故园风雨后》改编自伊夫林·沃的同名小说。1981年10月在英国ITV首播。故事开始于二战前夕的英国。描写了伦敦近郊布赖兹赫德庄园一个天主教家庭的生活和命运。老马奇梅因侯爵一战后抛下人长期和情妇在威尼斯居住；父母的生活丑闻给子女打下了耻辱的印记，扭曲了他们的天性。本书的叙述人查尔斯·莱德也是故事的参与者，目睹了这个不幸家庭的沉沦。电视剧展现了主角查尔斯·莱德与塞巴斯蒂安·弗莱特的同性爱情，1981年电视剧版中扮演男主角的是当年崭露头角的杰瑞米·艾恩斯。到了2008年，该小说被重新翻拍成电影，主演包括了艾玛·汤普森，本·卫肖和马修·古迪。

Chapter 8

《剑桥间谍》（Cambridge Spies）2003

BBC电视剧《剑桥间谍》由英国历史上的真人真事改编而成，1934年四个来自剑桥大学的天才少年招募成了俄罗斯的间谍，怀着对理想的追求，对社会公正的渴望以及对法西斯的憎恨，这四个具有高超撒谎天赋的学生冒着极大的风险把"英国最大的秘密"送到了莫斯科。

《西尔维娅》（Sylvia）2003

格温妮斯·帕特洛扮演美国女诗人西尔维娅，1955年在剑桥邂逅了同是诗人的特德·休斯（丹尼尔·克雷格 饰），诗歌成为两人相识相爱的桥梁，他们相见恨晚，爱情之花在彼此的心中肆意绽放，但是生命太残酷，故事的结尾充满哀怆。

Chapter 9

《唐顿庄园》（Downton Abbey）2010—2013

《唐顿庄园》是由英国ITV电视台出品的时代剧，编剧是奥斯卡金牌编剧朱利安·费罗斯。故事背景设定在20世纪10年代英王乔治五世在位时约克郡一个虚构的庄园——"唐顿庄园"，故事开始于葛兰森伯爵一家由家产继承问题而引发的种种纠葛，呈现了英国上层贵族与其仆人们在森严的等级制度下的人间百态。目前该剧已经播出了四季。

Chapter 10

《偷自行车的人》（Ladri di Biciclette）1948

意大利新现实主义最为著名的代表作。二战过后，罗马，已失业多时的里奇费尽千辛万苦获得一份海报张贴的工作，却为这份工作需要一辆自行车犯愁，他用妻子的嫁妆换回已经当掉的自行车，不想，他的自行车在上班第一天就被盗。里奇同儿子布鲁诺寻遍罗马大街小巷，也没能找到他赖以活命的自行车，里奇决定以牙还牙，可是他的运气却没有别的小偷好。

《火山边缘之恋》（Stromboli）1950

英格丽·褒曼在罗西里尼的电影中塑造了一个绝望的和意大利孤岛文化无法融合的女性形象。英格丽·褒曼扮演的卡琳战争结束时住在意大利的一个难民营里，在难民营她遇到了意大利士兵安东尼奥并和他结了婚，随他回到了家乡斯特隆波岛。在荒凉的火山岛上，她所做的一切都被认为是有悖民风的。

《我的意大利之旅》（Viaggio in Italia）1954

本片是意大利新现实主义电影的重要导演罗伯特·罗西里尼的著名作品。由英格丽·褒曼主演。在第二次世界大战的背景下，演绎了一对夫妇内心的浪漫与凄凉，以及在异地文化中被映照出的人性和人情变异。

《战国妖姬》（Senso）1954

导演维斯康蒂把这部史诗一般的电影设定在1866年春天，意大利和奥地利发生冲突前夕。描写了一名意大利贵族妇女，背叛自己的婚姻和国家，不顾一切爱上了俊美而乖戾的奥地利军官的故事。

《白夜》（Le notti bianche）1957

导演维斯康蒂改编自俄国作家陀思妥耶夫斯基的作品，将俄罗斯变成威尼斯，把鸿篇改成小品。电影描写了男主角一见钟情式的热恋，最终这种热恋没有修成正果。

《浪荡儿》（I vitelloni）1953

意大利导演费里尼带有自传性质的电影。描写了五位三十岁的年轻人，他们终日游手好闲，热衷于恶作剧并沉溺于梦幻般不切实际的计划里。电影的情节和电影语言充满了一种青春的无边的伤痛和被放逐的感觉。

Chapter 11

《甜蜜的生活》（La Dolce Vita）1960

意大利导演费里尼最为著名的电影之一。电影借一名罗马记者马尔切洛（马尔切洛·马斯楚安尼 饰）的见闻和经历展现了一幅20世纪60年代的罗马画卷，电影也是对人生境遇和迷失的自我的一种展现。本片获第13届戛纳电影节金棕榈奖。

《八部半》1963

这又是一部打上了费里尼个人色彩的电影，电影导演圭多（马尔切洛·马斯楚安尼 饰）在完成了一部影片之后感到筋疲力尽，他来到一处疗养地休息，同时开始构思下一部电影。他受到噩梦的困扰，精神不振，灵感也陷入停滞。圭多不堪忍受个人感情生活的混乱与电影拍摄的双重压力，他的精神危机愈演愈烈，梦境与幻觉不断侵入他的现实生活……本片荣获1964年奥斯卡最佳外语片和最佳服装设计两项大奖。

Chapter 12

《奥斯陆，八月未央》（Oslo, 31. august）2011

男主角安德斯即将从戒毒所完成自己的戒毒计划，他来到奥斯陆面试一份新工作。他见了朋友，参加派对。时间渐渐流逝，进入午夜，那些往昔如影随形的记忆再一次侵袭上安德斯的心头，安德斯选择结束自己的生命。

Chapter 13

《午后之爱》（L'amour l'après-midi）1972

本片是埃里克·侯麦《六个道德故事》的最后一部。弗德里与妻子海伦娜过着幸福的小资生活。弗德里在巴黎一家小公司上班，每到下午时分，就是他幻想和其他女性缠绵的时刻。一日，他的旧情人克洛伊出现了。然而面对克洛伊的诱惑，弗德里动心了。

《绿光》（Le Rayon Vert）1986

夏天快要来临的时候，巴黎女子戴尔芬却陷入了忧伤与烦闷中。她希望能够找到自己的情人。在马赛海边，她听说了关于绿光的传说：谁能看到绿光，谁就能得到幸福。落寞的她打算返回巴黎，在车站，一个男子对着她正在阅读小说《白痴》，戴尔芬似乎觉察到了什么，她主动邀请男子去海边看日落。在灿烂的光辉中，男子对她表白了。 本片获得第43届威尼斯电影节金狮奖。

侯麦（Éric Rohmer）"人间四季"电影：

《春》（Conte de printemps）1990

珍妮是一名哲学老师，一日在宴会上，她与娜塔莎相识。娜塔莎有一个奇怪的家庭，父亲离婚，交往了一个年龄和自己相差无几的漂亮女朋友伊芙，娜塔莎的父亲对知性的珍妮抱有好感，而娜塔莎也渴望能和喜欢的珍妮组成新的家庭。

《夏》（Conte d'été）1996

影片描述了男主角贾斯伯在一个夏日里和三个不同的青年女子的情感纠葛。这三位女子分别是餐馆招待玛戈；在舞会上遇到的野性的女子苏珊；同时，贾斯伯来到这个度假地是为了见一名叫琳娜的女孩。

《秋》（Conte d'automne）1998

这是侯麦"人间四季"最后拍摄的一部片子。女主角马嘉利是一名大龄剩女，有一个儿子和一片葡萄园。影片着力描述了女友伊莎贝拉如何张罗让马嘉利摆脱单身的故事。有情人最终成眷属。

《冬》（Conte d'hiver）1992

菲利茜和查理在海边浪漫相恋之后，因为一时不留神写错了地址，而导致了二人再也找不到彼此。菲利茜生下了查理的孩子，但五年来却再也没有查理的音讯。生活还在继续，菲利茜遇上了喜欢她的一些男子。然而，在菲利茜的心中，查理却仍旧是个挥之不去的至爱之人。终于在某个冬天，菲利茜和查理竟然在巴黎的公车上重遇了。

Chapter 14

《柏林召唤》（Berlin Calling）2008

出色的柏林电子音乐人伊卡·鲁斯最近事业受阻：唱片公司对他的新作品毫无兴趣。女友兼经纪人玛蒂尔德竭力纠正伊卡的吸毒恶习，但唱片无望的打击让伊卡更加依赖毒品，最终伊卡因用药过量引发精神失常，入住保罗教授的医院接受治疗。

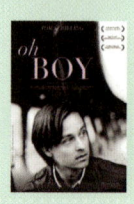

《啊，男孩》（Oh, Boy）2012

这部来自德国导演杨·奥雷·格斯特的处女作叙述了一名普普通通的柏林年轻人生活中的琐事。展现了围绕主人公尼克·菲舍周围的朋友在柏林的遭遇等波澜不惊但是又蕴含生活哲理的故事。

/

LIFE IS A
BITTERSWEET
SAFARI

/

仿 佛 ， 一 场 告 别

那些与光影记忆

相 关 的 旅 程